谨以此书献给我的妻子

海伦·格里斯·勒尔顿

[她积极生活的态度曾广为传颂]

积极生活的力量

激励自我、改变命运的心理控制术

［美］道格拉斯·勒尔顿（Douglas Lurton）著

韩晓秋 译

The
POWER of
POSITIVE LIVING

新世界出版社
NEW WORLD PRESS

图书在版编目（ＣＩＰ）数据

积极生活的力量／（美）勒尔顿著；韩晓秋译．
－北京：新世界出版社，2008.7
ISBN 978-7-80228-737-2

Ⅰ.积··· Ⅱ.①勒···①韩··· Ⅲ.成功心理学－通俗读物
Ⅳ.B848.4-49

中国版本图书馆CIP数据核字（2008）第089975号

积极生活的力量

作　　　　者	[美]道格拉斯·勒尔顿
译　　　　者	韩晓秋
责 任 编 辑	刘丽刚
出 版 发 行	新世界出版社
社　　　　址	北京市西城区百万庄大街24号(100037)
总 编 室 电 话	+86 10 6899 5424　6832 6679(传真)
发 行 部 电 话	+86 10 6899 5968　6899 8705(传真)
本 社 中 文 网 址	http://www.nwp.cn
本 社 英 文 网 址	http://www.newworld-press.com
本 社 电 子 信 箱	nwpcn@public.bta.net.cn
版 权 部 电 子 信 箱	frank@nwp.com.cn
版 权 部 电 话	+86 10 6899 6306
印　　　　刷	北京市昌平北七家印刷厂
经　　　　销	新华书店
开　　　　本	787×1092　　1/16
字　　　　数	150千字　　印张：12.5
版　　　　次	2008年7月第1版　2008年7月北京第1次印刷
书　　　　号	ISBN 978-7-80228-737-2
定　　　　价	28.00元

前言

　　本书通俗地讨论了一个简单的道理，这个道理有时对我们来说显而易见。注意这里我说的是"有时"！有时我们认识到，只要我们积极地思考和行动，就能得到肯定的和理想的结果。如果你早已认识到这种人生态度的神奇力量，那么你是幸运的，这本书对你来说可能就不重要了。但是，对于那些还没有树立积极生活观的人来说，探索积极的生活方式，满怀希望地生活，把握生活的细节……都意义重大。如果能从中学到这些，他们的生活就会告别沉重和平庸，从此将变得更加充实而富有意义。

　　可是，正因为这一道理听起来如此简单，甚至有点儿可笑，才有那么多人没有注意到它持久的魅力。下面，我们来读一个小故事，看看这个道理是不是这样简单。

　　20世纪初，有一个6岁大的小男孩，他做事谨慎，眼睛下面长满了雀斑，这让他看起来像一只四眼猫头鹰。此刻，在中西部地区一个小镇上的一条狭窄街道上，他光着脚在暖洋洋的沙子中犹犹豫豫地走着。他慢慢走近镇上最大的一家杂货店。他来到店门前四次，但四次都逃走了。在他拿不定主意的时候，他眼睁睁地看着别的孩子走进那道门，出来时戴着皮尔斯伯里牌子的宽边帽。这家店正在赠送这种帽子！"小四眼儿"也想要一顶。他父母是这家店的老主顾。只要他肯进去，开口说想要一顶那样的帽子，肯定没问题。在他幼小的生命历程中，他从来没有这么迫切地想得到一件东西，他不想要一根新鱼竿，也不想要一双崭新的滑冰鞋，他只想得到一顶别的孩子已经拥有的、同样的帽子。

"你怎么拿到帽子的？"小男孩儿问一个淡黄色头发的伙伴，这个孩子头上的帽子斜向一边，这让他看上去像一个铁路工程师，或者一个棒球运动员什么的。

"走进去向那人要就行了。"黄头发男孩回答道，"你最好自己进去要一顶。帽子快送光了。"

"四眼儿"走进了门，实际上，这次是他自己开的门。发帽子的人微笑着。"四眼儿"看到柜台上只剩下一顶帽子，他没拿帽子转过身就走了出来。一副心烦意乱的样子。

"你没拿帽子？"黄头发问道。

"没有。"四眼儿回答，"没有要。"

这个男孩是个处事消极的胆小鬼。那你是怎么知道这个故事的呢？因为我就是那个长了"雀斑"的男孩子。很久以来，我对此事记忆犹新，每次想起来就有想哭的感觉。那是全世界最美的帽子。再也不会有另一顶帽子那样让我动心了——当然，商场橱窗里那和第五大街霍姆贝格牌子的帽子除外。

从这个小男孩没得到帽子那天算起，作为一名记者、作家和出版商，我已经工作许多年了。这些年来，我分析了许多知名人士和臭名远扬的人的人生经历，其中包括像议员和恶棍，谋杀犯和被谋杀者，科学家和吝啬鬼，教授和妓女，等等，我发现，他们都曾通过积极的思考和行动取得过辉煌的成功和丰厚的人生回报，也曾因为一时的消极，遭受过惨痛的人生挫折。但无一例外的是，生活中勇于争先者和创纪录式的人物都明白这条具有神奇魔力的道理，或者在偶然间，或者是遵从了别人的教导，或者是通过自己的分析，但不管怎么说，他们做到了。明白了这一道理，他们也就知道了在生活中何时需要被动，何时需要主动。

磕磕绊绊，一路走过来，我越来越深信这是一种并不寻常的生活方式。生活中，很多美好的东西因为失败而流失，但一个人一定要抱定积极的心态，努力争取。如果采取积极的心态，你可能就有收获。而消极退让，让我错失了梦寐以求的东西——其中包括那顶皮尔斯伯里牌子的帽子。

　　在过去的工作中，积极和消极两种人生态度曾经让年轻时的我起伏不定。当时我还不明白其中所包含的道理。那时，在刚刚工作了两年后，我辞掉了一家发行量很小的报纸的记者和编辑工作，来到一家都市报工作。不久，总编说要任命我做地方新闻总编。这时年轻人消极的性格又开始出现了。我坚决反对，说自己太年轻，还没做好升职的准备。总编比尔·罗伯森为人积极，就像一台奋力前行的压路机，当时他有点被激怒了。他有力而简洁的言辞，不容我反驳。这样，作为全国发行量最大的报纸之一——《明尼阿波利斯每日新闻报》，出现了一位业界最年轻的地方新闻总编。

　　由此可见，积极的态度总能战胜消极的态度。还有一个很好的例子。作为一个未婚的年轻人，我爱上了一个女孩，她是社会版编辑，那时我已经是一个值班编辑了。可消极的性格又让我退缩了。我想到了好多自己不为女孩接受的原因，这些原因似乎都很合理而且也很不利，我甚至觉得自己根本就没有机会分享天下最美好的东西。但积极的意识像一束微弱的光，驱使着我努力去争取自己想要的，最终，我得到了那个姑娘的爱。

　　在得到第一个地方新闻总编的职位五年后，我又在另一家都市报找到了一份工作，但也只是原地踏步，薪水刚好和不断增加的生活支出相当。可这五年来，工作中的责任不断地加大。我错误地认为，随着报纸办得越来越好，自己一定会得到一份公平的报酬——情况最后怎样呢？——也就那个样子罢了。此时，一个清晰而明确的想法从我迟钝的脑海中钻了出来。我打算怎么应付这种局面呢？有什么建设性的行动吗？为了增加个人收入，我凭借以前打拼的基础，开始了为多家杂志撰稿的全新生活安排。正是在这段时间，我懂得了运用积极的生活态度努力赢得成功的道理。此后，无论面临什么情况，我都一直坚持在自己可以控制的、积极的人生轨道上前行。有时，可悲的失败主义者消极的态度会孕育一个愚蠢的头脑，使整个人生混乱不堪，可我发现，积极的生活态度总是能赶走消极的念头。

就在几年前，消极畏缩的红灯在我前面再次亮了起来。我需要在出版项目上得到更多的资金支持。我知道自己在哪里可以搞到这笔钱。但消极的态度告诉我不要尝试。然而，积极的生活态度却催促我要主动寻求帮助。最后，我还是成功地得到了金融支持。

分析自身的经历和任何一种职业都能揭示出这样的道理：积极的生活态度对于幸福的人生将起到决定性的作用；而消极的生活观则会起相反的作用。一个人只要有了积极的生活态度，他就拥有了抵御外来操纵力量的最好武器。因此，你也不妨花些时间来研究和阅读一下本书，这本身就是一种积极的行动。

道格拉斯·勒尔顿

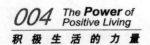

目 录

第1章

要敢于争取 ▶▶

The
Power of
Positive Living

积 极 生 活 的 力 量
幸 福 生 活 需 要 的 日 常 心 理 学

它有那么好吗？那是你所要的吗？你准备好了怎样得到它吗？那就去争取吧！请保持这种积极的人生态度，向生活索取你梦寐以求的东西吧。

听起来似乎很简单，但这一建议充满了某种积极的、神奇的力量。既然什么都可能得到，你可要想好自己到底想要得到什么。迈达斯曾奢望点石成金，希望把自己心爱的女儿变成一尊金像。仔细想一想，你就会明白，你曾经有过许多愿望，许多理想，但是你没有去争取。其实只要你敢于追求、不放弃，你最终会获得成功的。

去追求吧。但首先要考虑一下，它有那么好吗？那是你想要的吗？你是否做好了——出于良好的动机——拥有它的准备呢？

生活中许多丰厚的回报，无论是精神上的还是物质上的，永远都不可能唾手可得，因为人们从没有提出过要求。还因为这一道理是如此地简单，你我几乎都没有注意到这一点。然而，它的确是生活中的一个基本原则。婴儿则深谙此道，他们用哭闹换取自己想要的一切。可是，随着年龄的增长，偶尔的失败和挫折却让怀疑和否定一切的情绪慢慢扎根于我们的心中。

珍妮·弗罗曼，哥伦比亚布罗道演员协会的歌星，就从未放弃过童年时期形成的、积极求胜的法宝。她曾回忆起自己在密苏里大学就读时的一件小事。按照校方规定，学生不能旷课前往圣路易斯听歌剧。而任何人若想离开校园，或是外出探望亲朋好友，就必须事先获得校方的批准。珍妮在圣路易斯根本没有朋友。于是，她就直接去找系主任，说明自己的想法。系主任马上肯定地告知她，他不会为了珍妮一己之便而修改学校的规章制度。其实，系主任早已为珍妮热切的恳求所打动，他随后微笑着邀请她作为他和他太太的贵客，一起去欣赏歌剧。她就这样得到了自己想要的东西。

　　也许这只是可能发生在任何人身上的一次幸运的例外。可能吧，但珍妮·弗罗曼并不是这么认为的。她领悟到了积极生活的力量。她开始争取自己想要的一切。二战期间，珍妮在葡萄牙里斯本附近的一次撞机事件中身心备受伤害。她渴望回家，可是当时交通不畅。她面前所有的门似乎都关上了。后来，她给当时的总统罗斯福写了一封简短的信，信中描述了自己身处的困境，请求总统想办法能让她回家治疗。最后，她连收拾行李的时间都没有就坐上了总统专门为她预定的飞机！

　　是的，那也许仅仅是一次幸运的例外！可你又作何解释呢？回到家乡后，珍妮经历了一系列的手术，身体康复后她又开始想要买一辆汽车。别人告诉她，这个想法真是太疯狂了，要知道有成千上万的人都在等着买车，而且出价要比实际价格高出好几百美元。珍妮找到那家汽车生产厂商总裁的名字，给这位素昧平生的人写信说，她想要买一辆该公司生产的汽车。她得到了什么回复呢？只有一个问题——您喜欢什么颜色的车？

　　珍妮·弗罗曼知道，一个人可以通过请求的方式得到自己

想要的东西。她一贯坚持这种"我一定能赢"的积极向上的人生态度。假设她是一个否定自我或者是一个消极的人，那她就听不成歌剧，也不能幸运地回到家中并及时医治身上的伤痛，更买不到自己想要的轿车了。她没有说"我不行"，尽管人们常常这样说，也许他们本意并非是说，我不行，我真的不想自找没趣。

任何人偶然间都可能得到自己想要的东西。但有时候，我们要求的太多，而有些时候的要求又有些过分，然而一旦放弃了我们又心有不甘。很显然，我们不能指望自己想要什么就得到什么。可是，如果我们像珍妮·弗罗曼当年一样，像那些屡有成功经验的人们一样，抱着积极的人生态度，放手一试，我们就完全有可能拥有生命中最美好的事物。

奥斯卡·奥德·麦克泰厄，一位著名的专栏作家，更深地体会到了敢于争取自己想要的东西在他早年事业起步阶段的重要性。当年，他来到纽约，没有人知道他是谁。他立志要出人头地。他年迈的父亲很为他的儿子骄傲。有一天父亲给他写信说，你一定认识大名鼎鼎的埃文·S.考伯，信中还说，想请考伯在密苏里旅行期间稍作停留，这样他就可以和考伯见上一面。

奥德不想让父亲失望。可在此之前，他从来没有见过考伯，也不认识什么可以给他引见的人。但他又不想向父亲坦白自己与这位幽默大师并不认识。于是，他就给考伯写了一封信解释事情的原委。"考伯先生，"他写道，"如果您来到密苏里的普兰兹堡做巡回演讲，不知您是否愿意到我家做客以让我的父亲也高兴一回？他一直非常敬仰您的大名。"

世上的事情就是这么让人惊奇。无论你是达官显贵还是平头百姓，总有人愿意接受看起来是毫无理由的请求。

埃文·考伯为奥德·麦克泰厄的请求所感动，他改变了行程，以便能在普兰兹堡停留。他来到老麦克泰厄家做客，奥德和朋友们则无比欢欣，听他面对面地讲述自己在纽约的生活经历。普兰兹堡人都羡慕老麦克泰厄，奥德也给自己开了个好头。可故事并未就此打住，邀请考伯去他家做客之后，奥德后来又见到了考伯，二人很快就成为了莫逆之交。

　　生活中，有时我们会把要求降得很低，但实际上，那是另一种失败。安德鲁·卡耐基把自己的钢铁厂出售给J.P.摩根股份的时候，开口就报价4亿美元，他如愿以偿了。这一价格比摩根的代表给出的报价要高得多。就这样，庞大的美国钢铁公司建立起来了。后来，在一次横越大西洋的旅行中，这位矮个子苏格兰老人对摩根说："我现在真后悔当初没向你多要1000万。"摩根点点头说道："如果当时你开口要的话，就可能多得到1000万了。"

　　波希·威廉姆斯来自曼哈顿，是一位魅力四射，满头银发的编辑。生活中，他从不过多地要求回报，也可能正因为如此，当年他才错失了一夜成名的机会。二十多岁时，他完成了一部质量非常不错的剧本，但是许多年后才在明尼阿波利斯市出版。此前很久，波希曾积极地争取过早日出版。他把剧本送给举世闻名的维克多·赫伯特审阅。如果赫伯特对作品感兴趣的话，那就意味着名望和财富。据说，当时这位著名的作曲家对剧本印象很好，也很乐意为它谱曲。他计划在之后几周内的旅行中，取道明尼阿波利斯市，与波希把合作事宜敲定下来。

　　波希·威廉姆斯如坐针毡。他计算着日子，就等着伟大的赫伯特来到明尼阿波利斯市。不料，作曲家的计划忽然发生了变化，旅行也取消了。"噢，那您当时是怎么做的呢？"我问这个当时只要开口争取就可以打开名誉之门的人。"我什么也没有做，"波希·威廉姆斯说，"我很失望。可我当时不想给维克多·赫伯特太大的压力。"

"你就不能赶到纽约去谈谈这事儿？"我问道，"无论如何，他说过对你的作品印象很好，愿意谱曲的啊。"波希微笑中带着悔恨："我本可以那么做的，可我没有。我常常想。"

波希用积极的态度开启了名誉之门，可门只是静静地虚掩在那里等待他的进入，而年轻人羞怯的性格却让他半途而废，那扇门也就此"砰"地一下关得严严实实了。如今，波希是一名商会总监、作家和编辑，事业蒸蒸日上，可23岁时，他还没有领悟到积极的人生态度在实现个人愿望中所特有的价值，也没有意识到消极的态度可以让一切付之东流。

迈克尔·法拉第是一位一文不名的年轻的书籍装订工人，他一直梦想着从事科学研究工作。但这是在英格兰，这是一个只有伟大的智者和富人才能购买得起设备，并从事类似研究的年代。法拉第写信给当时国内最杰出的科学家之一汉弗来·戴维爵士，希望他能提供一些设备来帮助自己实现人生梦想。结果，这个小小的请求为他换来了面谈的机会。会见使汉弗来爵士很快就下定了决心，他邀请法拉第做自己的助手。以后的几年中，法拉第在电学领域声名鹊起。长期以来，正是法拉第的这一次坦率直接的争取，全世界一直在受益于他的发明创造。

不仅在事业上，生活中也是如此，尤其是那些看似不起眼的小事，都有赖于这样简单而直接的当面请求。对于美好的事物，不论大小，只要我们认为它应该属于我们，就应该开口去争取，这种为人处事的原则一定会得到尊重和回报。人们之所以没有勇气这么做，大多数情况下是没有采取积极的行动，或者过于粗心，或者为人腼腆害怕听到别人原本微不足道的拒绝。讲演家、作家和管理咨询师莱司特·F.迈尔斯讲述过一件不敢直接提出请求的可笑事情。

在火车离开纽约中央车站大约一个小时之后，我叠起正读着的报纸，放在膝头。

过道对面椅子上的那个男人，正带着浓厚的兴趣扫视我报纸上的大标题。我第一个想法就是把报纸借给他看（我早就注意到他手上没什么可读的书报）。可是，我想我得和他玩个游戏，看一下他到底会不会向我提出借阅的要求。

为了让事情来得更有意思，我看了下手表开始计时。接下来的30分钟里，我的旅伴一直在偷看我手中的报纸。有好几次他就要斜身穿过过道来跟我说点什么，可是很明显，他最后还是没有那么做。我几乎看得见他的脑海中，思考的轨迹像车轮子一样转来转去，怎么开口求人的主意似乎在接二连三地闪现。

从他第一眼扫视我的报纸开始算起有40分钟了，他终于说话了："对不起，先生，您在读那份报么？"

一个人会花40分钟才下决心去问这样简单的一个问题，由此来看，我们就不难理解为什么有那么多人羞于开口争取对他们的幸福来说重要得多的事情。

人们似乎一听到别人的拒绝便不寒而栗，于是便想尽借口避免冷遇。比如这个人会想，对面的那个人会不会因为我没有自己买报纸就认为我是个小气鬼呢，或者他会暗想，我宁愿这样呆坐着也不要开口向别人借东西。诸如此类的念头都不过是掩盖自己害怕听到"不"的事实罢了。

我们都很容易疏忽生活中那些显而易见的事物。我们拥有生命中最顺手的工具，却把它置之一旁，并在非常需要的时候，忘记使用它。几年前，我就是这样，几乎错失了人生最重要的机遇。那时，我厌倦了为别人修修改改的编辑工作，一直酝酿着成立一家自己的出版公司。妻子顶撞了我几次后，我终于想通了，要成立一家出版公司还需要他人的融资。当时我认识对这次投资肯定会有帮助的一个人，可是……

如今，自寻烦恼的人们都知道，聪明的妻子尽管口吻上总是令人沮丧，可她们三言两语之间就会帮助丈夫跨越思想上的障碍，拿定主意。我的太太也是这样，可能她早已厌倦了我这个大男人拐弯抹角的行事风格。她轻描淡写地对我说："你为什么不去找他呢？"

就这样，我再一次成功了。所以生活中一定要去争取！

一位专栏作家曾间接报道了这次不到半个小时的谈判。实际上，5分钟内，富有的出版商威尔弗莱德·芳客就答应提供出版公司初步运作的资金。于是，没用几个月，《你的生活》杂志就成功面世了。

直接请求的神奇之力甚至可以让火车为你停下来。新泽西标准石油公司副总裁 F. W. 莱弗卓艾的经历就证明了这一点。很久以前的一个夜晚，他刚刚结束了一次阿尔图纳的商务旅行，随即来到火车站准备前往芝加哥。还是让他自己来讲述这个故事吧：

"十分不巧，"一位上了年纪的火车站工作人员对我摇摇头说，"你已经错过了7点钟的火车，下一班两点才有呢。"

我大吃一惊，转而问他，"你的意思是说，在阿尔图纳从下午7点到早晨两点之间再没有火车了吗？"

这位身材矮小的工作人员点了点头。"而且两点的那班车在这儿从来都没有停过。不知道为什么。在我工作的这17年里从来就没有停过。"

"你的意思是说，17年里你从来就不知道为什么火车少之又少，或者两点钟的那一趟为何不停？"我用抱怨的口气追问道。

他只是点点头，说："不知道，它们从来就没有停过。"

对此我说："那好，我想赌一把。你能打电话问一下上级看看能否让火车在这站停一下吗？"

他诚惶诚恐地给上级打了电话，很快回来说："不知道怎么回事，这怎么可能呢，可是两点钟的火车答应在这站停一下了。"

很快，两点的时候火车鸣着笛停靠了下来，我也一切准备停当。在我登上火车的那一刻，一位列车员高声向我喊道，"你不能上车……我们在阿尔图纳站从来没有上过旅客。"

我马上告诉他，我不是唯一一个在这一时刻等车的人，可我是唯一一个让火车在这一站停下来的人，几经周折，他还是同意让我上了车。

几分钟之后，火车徐徐开出车站。忽然，列车乘务员回头对我说："你知道么，我在这列火车上工作了27个年头，这是唯一一次在阿尔图纳站停车，你呢，是唯一在这儿上车的人……算是给你压惊，我打算给你安排这趟车上最棒的食宿。"

也许，莱弗卓艾先生要火车靠站的做法并不见得每一次都能成功，可想想看，有多少退缩怯懦的人就因为自己不敢开口要求他想要的东西，结果只好白白地在阿尔图纳站浪费了一夜的时光！

消极的人总是不愿适当地应用一下我们这里推荐的处事原则。在我身为总经理的很长一段时间里，多次收到员工加薪的请求，尽管并不是每一次这种要求都能得到满足，可通过这种交流，彼此的立场都更清楚了。大约一年前，一位职员的情况就是这样。她首先承认自己的薪水并不低，甚至比许多人还要高些，但还是希望公司能多给她一些薪水。她并没有考虑自己的要求是否合理，这方面的准备她做得还不够。我告诉她，如果她懂速记，可以做速记员的话，那就完全有可能得到更多的报酬，我还帮她选修了一门课程。但她认为，她不会为了加薪而多做任何事。她所想的是加薪，仅仅是加薪。然而，和她不同，我亲身经历了许多人在进行类似的沟通之后却积极地工作，并获得了加薪的机会。

很显然，一个人不可能总会马上就能得到自己想要的东西。还记得我在一家报纸做本地新闻总编辑的时候，手下有一位才华出众的年轻记者，名叫奈特·芬尼。他几乎每天都要完成两名记者的工作。他提出加薪的要求，可是我当时资金恰好比较紧张。我跟他讲明了真相。事情就是这样，奈特的要求一点也不过分，他也为一切做好了充分的准备。可是财力不足的现实就摆在面前。奈特是个乐观积极的年轻人，他辞了工作，很快赚到了比运营状况好的报纸的主编还要多的薪水。后来，我用以前的报酬还临时雇用过他几次。之后的几年里，他获得过一次让人羡慕的普利策新闻奖。

我们已经看到，横渡战争期间封锁的大海，创立公司，拦下火车，一切都成为了可能。这就是积极的人生态度所具有的神奇力量。谈到这里，我们用无可辩驳的证据证明了努力争取的巨大价值，这是消极的人生态度根本无法比拟的。只要你能像《底特律新闻报》上报道过的那个伍德华德市公交车上的小女孩一样，抱着坚定的信念去面对一切，你就再也不会失去什么，相反却可以坐拥整个世界。

一位穿着入时的妈妈带着自己四岁的女儿走进车厢。她发现孩子丢失了自己的钱包，就开始大声训斥，所有的乘客都为此感到十分尴尬。眼泪汪汪的小姑娘忽然脱口而出："可是妈妈，你总是告诉我丢了东西时要向上帝祈祷。他会归还给我的。"妈妈沉默了，车厢里的人一时间也都默不作声。这时，公交车在红灯前停下来，一辆小轿车大声鸣着喇叭在它旁边停下。开车的人递给公交车司机一个红色的钱夹。"看，妈妈！"孩子没有丝毫惊奇，灿烂的笑容绽放在她的脸上，"上帝来还钱包了！"

✓ 它有那么好吗？
✓ 那是你所要的吗？
✓ 你准备好了怎样得到它吗？
✓ 那就努力争取吧！

"努力争取"会改变你的生活，并远离忧愁、失败、犹豫和怀疑、告别压抑和过分的自我克制、优柔寡断和孤独无助，一步一步走向胜利和成功的人生。你会轻而易举地赢得爱、友谊、希望和感激，获得激励人心而且不断成熟的信念和内在的宁静，更让你惊喜的是，还有很多的物质奖励呢。

第2章

做一个积极向上的人 ▶▶

The
Power of
Positive Living

积 极 生 活 的 力 量
幸 福 生 活 需 要 的 日 常 心 理 学

当我们相信自身的力量，坚持用积极的思考和行动去支撑自己的生活理念，我们就开始踏上成功的道路了；而当我们任由消极的态度肆意蔓延，或者只是一味被动地接受生活餐桌上滑落的残渣剩饭，我们离失败也就不远了。这是一条广为人们接受的普遍性生活原则。

对自己、朋友和他人的生活稍加研究，你就会清楚地发现，人们的生活态度基本上可以分成积极的或者基本上是消极的两种。积极的态度会促使我们满怀信心地向上、向前看。消极的态度则会让我们提心吊胆地向后、向下看。有时，我们会混用这两种生活观，可大多数情况下，其中一种或另一种会起着主导性的作用。

当然，从某种意义上来看，所有的行动都具有两面性。就像阿尔伯特·爱德华·维盖姆博士所说的积极侵略性和消极侵略性。维盖姆博士是一位知名作家，也是报业辛迪加特别栏目《探索你的心灵》的作者。他的这种区分十分必要，因为即使是消极的行动也是富于侵略性的。这一点和哈佛－耶鲁的约翰·多拉德博士在一项著名的研究中所指出的如出一辙。这项由心理学家和社会学家共同完成的研究表明，所有挫折都会导致侵略性行为，有时这种侵略性会用错了地方。我们不妨举个例子简单地说明一下：安先生在职位升迁上受到一位大人物的阻挠。安先生感到这次挫折将会影响他今后事业的发展，可自己对此无能为力。回到家后，他的侵略性发生了迁移。他对着太太大喊大叫，说汤太热或者太凉了。安太太于是责备儿子小吉姆以释放情绪上的压力。小吉姆成了别人挫折的出气筒，他生气地踢狗，借口说那狗溜出去咬了猫。是的，即使是动物们也有类似人类的挫折感。康奈尔大学就有这样一项长期以来没有间断过的实验。研究中，一头叫"阿喀琉斯"的猪经不住一系列的挫折，最后得了神经过敏症。

生活中，我们必须面对磨难和挫折，很清楚，正是我们反应的方式决定了我们是消极的、有侵略性破坏倾向的人，还是将成为一个善于自我调节、生活态度积极、富于建设性侵略品格的人。这种品质还包括在情感和行动之间做出平衡。这里应遵循两个原则，每个原则我们举一个例子来说明：

> 我是一个外乡人，心怀畏惧
> 身在一个不属于我的世界
>
> ——A. E. 豪斯曼

年轻时的迪林杰总是想着不劳而获，贪图享受，可他没受过教育，胆小懒惰，胸无大志——是一个游走在不属于自己的世界中的局外人。敌视社会的态度使他最终变成了一个强盗、杀手和迫害狂，他把自己整个人生都毁掉了。这就是消极的人生态度带来的结果！

> 我是我命运的船长
> 我是我灵魂的主人
>
> ——威廉·欧·亨利

刚刚走出高中校门的哈瑞·多拉，腿部有残疾，也没学过什么技术，但他自学成材，创立了一家拥有百万资产的企业，企业员工多达上百人。为此，他克服了各种各样的挫折。这就是积极的人生态度的力量！

"积极"这个词传达了明确、自信、乐观、果断、肯定、认同、绝对、必然和建设性的价值观，它同怀疑主义态度、疑惑、否定、犹豫、拒绝、矛盾、抑制、中庸等正好相反。积极有时也可以表达为过于自信、独断专行。这就要求我们一定要明确真积极和伪积极之间的区别。伪积极的三种表现就是以自我为中心、独断专行和歇斯底里式的病态积极。实际上，在你熟悉的人中有这三种伪积极表现的人比比皆是。

生活中你肯定遇到过不止一个具有伪积极心态的男男女女。这种势利小人如出一辙，以自我为中心，装出一副无忧无虑、高人一等、非常自信的样子。可内心却很怕别人瞧不起他。他们为人软弱，非常害怕失败，这让他们行事草率，一直在虚张声势地硬撑着面子。比如，有个绰号叫"名字保镖"的人，他喜欢拿名人的名字来吹嘘自己有本事。他一直说自己和名人一起吃过饭。实际上，那天他只不过是一百多位演讲的听众之一——他是一个典型的以自我为中心的伪积极者。一个真正积极自信的人是不会为了给人留下好印象而如此费心的。有这样一个例子：一位女士总是竭力要人相信，自己与坐落于豪华的、林荫大道上的、尊贵的利奇维奇家族的女主人关系非同一般。实际上，只要你给我一个吹嘘自己家财万贯、才华超群或者家族社会背景怎样的吹牛家，我就能给你还原出一个自卑怯懦、没有安全感的男人或者女人。这种人总是在无意间把他们吹牛的本性暴露出来。

"自命清高的人的最大的特点就是愚蠢，"密歇根省安阿博的心理学家亨利·福斯特·亚当斯说，"这种人一方面自我欺骗，同时也欺骗他人，希望别人相信他优秀，具有进取心。可在基本判断力、智力、对他人的理解力和幽默感上，他无不低于普通人的水准。紧急情况下，这类人更倾向于缺乏勇气，而且会乱发脾气。"

以自我为中心的伪积极心态有个亲兄弟，那就是独断专行。有这种心态的人内心极度自卑。他们不是像吹气球一样把自己吹大，而是会想尽办法强迫他人服从他们的意志，并以此彰显他们的本事。过去的那些老板就是一些独断专行的伪积极者。他们利用手中的解雇权想方设法让下属听命于他。你还会注意到，这些人为了达到操纵他人意志的目的，总是试图迫使和恐吓别人，而从来不使用鼓励和引导的方法。这样的老板和上司从来都不会做得很久。狂暴的丈夫和父亲，专横的妻子和母亲，还有那些试图用鞭子来统治别人的怯懦者都可以归到这类人中来。你可以对这种人一笑置之，但生活中，他们的专制还是会深深地伤害到你。

壁纸工人希特勒就是一个典型的专横者的形象。他强迫整个民族服从他，或者流放人民，或者命令警察进行大规模屠杀。和希特勒相比，莫罕达斯·甘地也有众多的追随者，却从来没有使用过威胁和暴力的手段。

第三个伪积极心态是病态的积极。小约翰尼因为嫉妒新出生的小妹妹总是发脾气，拒绝吃东西，结果害得自己生了病，这就是一个病态积极的例子。不论男女，总有些人以生病为理由以达到控制局面的目的。这些人实际上也把自己变成了生活中的病人。

病历中这种情况并不少见，由于情感的原因所导致的疼痛和其他病理症状，往往跟真的没有什么区别，主治医生们对此都束手无策。不久前，来自纽约城的美国精神病学会成员西奥多·P. 沃尔夫博士曾描述过两个这样的案例。

有个女孩要求做阑尾切除术。可在手术过程中人们发现她的阑尾非常正常。精神分析学家们认为，女孩的疼痛感和各种症状，确切地说，各种阑尾炎的症状归根结底都来自于女孩对孤独、对在地铁和黑夜中行走的深度恐惧。

有一位未婚的女性在住院的第一周出现过三次濒死状态。病人血压非常高。可人们发现她的身体十分健康。实际上，这些病理特征来自于她潜意识中的怨恨。原因是这位女士多年来一直在照顾自己年迈的父母，从而被迫牺牲了自己的人生计划。

还有一些母亲会用生病的办法来控制自己的子女，也有一些人会在感到挫折或者不得不面对彻底的失败时生病，这样，他们就可以不去上班。有些终生瘫痪和失明的患者也都源于这种病态的积极行为。

消极性格的特征往往是抵制或远离建议以及各种刺激。消极的人总是背道而驰，持拒绝、不赞成、不信任和不忠实的态度。他拒绝正视问题，甚至常常在需要他这样做的时候，他偏要对着干。"消极"一词来自拉丁语中的negatio，意思是"否认、拒绝"。同纯粹的消极生活态度有着亲缘关系的是那种马铃薯特性。这种性格的人就像大家熟悉的蔬菜马铃薯一样，被动地接受被送上餐桌的命运，没有什么消极或者积极的反应，只是默默忍受和听命于外界的安排。

我们经常发现，孩子们总是不断拒绝别人的指导，他们不为别的，只是别人要求他们那样做，他们偏不想做。他们用消极的方式抗议成人的控制。对一个孩子来说，这可能是他唯一能够证明自己作为独立的个体的方式。

然而，对于孩子来说可以理解的事，如果发生在成年人身上，恐怕就会带来极大的破坏性。有的成年人，不愿听取他人的建议和指导，不是因为对方是错误的，而是因为他们幼稚地想证明自己并不比别人差。

下面几点建议可以帮你摆脱消极的习惯思维：

1. 通过读书或从专家那里寻求有力的外部帮助，学会用个人分析的方法识别类似的坏习惯；

2. 找出到底生活中哪些渴望和困难让你产生了消极的坏习惯；

3. 通过研究或者咨询，针对这些滋生消极习惯的内心需要，做出彻底调整的方案；

4. 学会积极地思考，通过每天的练习，培养积极的人生态度。积极的人生观会不断地战胜消极的生活态度。

真正积极向上的人是健全的乐观主义者。在生活中，他总是怀有希望，并富于建设性地思考。他总是说："我能行。让我来试试。现在就来吧！"美好的事物蕴涵于艺术、科学、宗教和政治领域中，只要你乐于思考，勇于行动，你就有机会分享得到。

消极的人总是在不快与不安中度日。他会说："我可不行。我连试也不想试。我一个人应付不来；我要崩溃了。我坚决反对。我害怕待在一个不属于我的世界里。"消极的马铃薯性格就像他的影子，总是这样对他说："不论你经历了多少积极和消极的生活，我都会努力活在你性格的深处。"

✓ 你能想象得出一个消极的基督吗？

✓ 你能想象得出一个消极的爱迪生吗？

✓ 你能想象得出一个消极的梅奥吗？

✓ 你能想象一个消极的探险家吗？

✓ 你能想象得出一个消极的运动明星吗？

当然，心理学领域中不分绝对的黑和白。不幸的是，所有人的生活中都有一些灰色的区域。清晨，消极的人可能一样会充满希望地起床，吃早饭，然后完成一天的家务，勉强地维持着生活，可他的生活态度却让他减少了获得更为丰厚回报的机会。

在我们中间，大多数人一开始都是生活态度积极的人，踌躇满志地叫嚷着一定要过上丰衣足食的生活。步入社会之初的年轻人大多是积极乐观的；后来，他们遇到了阻碍。一些人学会了积极地应对困难，而另一些人却变得消极起来。很多人在不知不觉间成了两种人生态度的复合体。积极和消极两种因素在他们身上你争我夺，人生也变得起起落落，直到有一天，其中一方占据了主导位置。实际上，成功人士都发现，积极的生活具有神奇的力量，于是，他们确信这就是他们所寻找的正确的生活方式。只要能像书中讨论的那样，重新接受一些合理的有关积极生活的教育，即便是一个过去对人生不满、不断失败、性格消极的人，也一定能够积极地面对生活。

第3章

积极地面对问题 ▶▶

The
Power of
Positive Living

积 极 生 活 的 力 量
幸 福 生 活 需 要 的 日 常 心 理 学

有时，我们必须在积极和消极的态度中做出选择。你可以战斗也可以撤退，你可以去征服也可以投降，你可以积极面对也可以选择逃避。具体选择和运用哪种方式面对我们的挫折和失败，可能在一定范围内取决于我们的个性和环境，而不是冷静的推理。但在很大程度上，正是我们的态度决定了结果。因此，想要占据一个把握自身命运的先机，我们需要充分地理解积极生活的力量和消极生活的危险。

心理学家们认为，面对问题的方式有四种。具体说来，两种积极的方式包括直接的积极和间接的积极。另外两种是消极的方式，以退却和逃避的形式出现。每个人都习惯以其中的一种方式处理问题。在生活中，当我们更多地以消极的方式应对问题时，遭受挫折的机会就会大大增加。多数情况下，消极的问题处理方式似乎最容易。可长此以往，我们就会陷入失败的泥潭。

你在处理问题时经常会运用五种方式中的哪一种呢？

1．你运用直接积极的方式。

你径直来到问题的大门前。如果它上了锁，你会想法打开它，或者选择走别的路进入这道门。这是一种自信的，也是自救和直接积极的解决方式，这种进攻方式实际上就是实事求是地面对和分析事实，认清障碍，并讨论、权衡或者解决问题，或者扫除一切阻碍。你明白自己想要什么，并且努力地争取。你采取直接的方式去追求成功。

当然，这种直接的方式往往需要辅以一定的谨慎。如果愚蠢和毫无判断力地运用它，那将是灾难性的。仓促地攻击占据强大优势的敌军的士兵十有八九都会战死。当然，有些人过于自负，自视过高或内心绝望，这使得他们与整个世界对抗，终于自取毁灭。这种情感发育不健全的偏执狂终究是不多见的。培养直接、有效而积极的自信是每个成熟者的目标。

积极直接的生活态度的价值在德怀特·D.艾森豪威尔的生活中得到了证实。如果当初他向消极的态度屈服，在海外战争中他就不可能从小胜逐步走向最后的全胜。在《远征欧陆》一书中，艾森豪威尔记述了他在成为欧洲战区总司令后不久，首次致电身在白宫的罗斯福总统和丘吉尔首相，向他们报告战况时的故事。将军写道："当非洲沙漠地区的托布鲁克刚刚落入德军手里时，整个盟军陷入低迷状态。""然而，两位元首并没有表现出丝毫的悲观，让人感到高兴的是，他们考虑的是如何去进攻和取得胜利而不仅仅是防御和等待失败。"在这个例子中，我们把艾森豪威尔将军对于积极态度的评价和那些消极态度作了对比。这一点在他有关军事胜利的简单公式中得到了进一步的揭示。艾森豪威尔这样总结道："计划的制定要缜密。然后决战到底。"

H.G.威尔斯也非常重视这种积极的生活方式。在《自传实验》一书中，他引述了自己生活中的两条指导性原则。第一，"如果你十分想要得到什么，那么就去争取它，然后再诅咒发生的后果。"第二，"如果生活对于你来说还不够好的话，就去改变它；绝不要忍受任何单调沉闷的日子，因为如果你去拼争并且坚持到最后，哪怕是发生在你身上最糟糕的事情也会被战

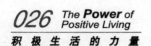

胜，况且最后的结果不一定就是死亡，也不会是世界末日。"

积极直接争取的价值对于伊丽莎白·阿登来说是不言自明的。她创立了自己的化妆品商业帝国，市值超过1700万美元。阿登在各种商务会议上都会对她的经理们一再灌输积极的生存方式观，她说："要想在这个世界生存，你就必须战斗，战斗，再战斗！"

即使小孩子都能发现积极态度带来的回报。富兰克·莫塞雷讲述了他看见一个幼儿越过栅栏取球的故事。他说，虽然栅栏不高，但那孩子还不大，只有几百天，只能讲几句话，而且他对栅栏和其他的事情都没什么经验。

他说："我要去帮他，但我母亲抓住了我的胳膊。"

"她轻轻地说：'别管他。'

"'嘘——栅栏太高了。'

"'的确很高，但那孩子不知道这些，'母亲说，'这就是孩子们的可爱之处——他们总是全力去做不可能完成的事，但有时他们却做成了。他们总是哭着要月亮，也许有一天他们当中的某一个就能得到月亮。'

"这时，婴孩已经把它的小椅子靠到栅栏上，开始向上爬了。看到这还不够高，他把一个盒子摆到了椅子上，呼哧带喘地站了上去，小脸蛋吓得红红的，接着'砰'的一下跌落在栅栏的另一侧，捡起球，向我们咧开嘴，露出愉快的胜利的微笑。对他来说栅栏太高了，可他不知道。"

那些有勇气面对一切，对自己成熟的判断力、清晰的思考力和综合素质充满自信的人都会采取积极正面的方式解决问题。在追求理想和目标的过程中，直接面对的方式对于分析问题，做出建设性的计划具有特别重要的作用。同时，它还可以有力地防止顽固的消极情感破坏我们周密的计划。这种态度拒绝任何悲观主义招致的失败。积极主义思想者做事果断，常用直接的方式去达到他们追求的目标。要不是偶尔在人际交往中运用准积极的、间接的方式放慢了脚步的话，他们一定会获得更大的成功。

2．你运用间接或者替代性的、准积极的方式。

不是迎难而上直接去面对问题，你尝试着走侧门和窗子；你运用多少可以消除敌意的间接策略；你一点点试探性地靠近，不是很自信，心中有些害怕；你努力赢得目标，可自己又不敢做，而是要别人替你打前阵，以此对问题做另一种形式的直接积极的应对。你暗示出了自己想要什么，此外，你一直在追求你想要的东西并寻求解决问题的办法。

有很多人非常善于间接解决问题。的确，这种处理方式自有很多好处。它的主要价值在于它机智灵活，较少树敌。间接的方式允许对方保有珍贵的自尊。直接的方式可能传达出对方正在被"操纵"或者接受指导或者被强迫的意思，而间接的方式能让他感觉到自己处于可以控制的地位。因为这些人都是否定主义者，他们希望得到别人的尊重。有很多人不愿意自己的思想和行为直接地接受其他任何人的影响和指示。如果你的问题常常要涉及他人，那么最好记住，间接的处理方式会把怨恨和对立的情绪最小化。

如果妻子直接说："我的天啊，求你吃饭前刮一下胡子吧。"也许带来的只是一次争吵，最后无果而终。可如果她这样策略地说："饭前你有很多时间可以刮一下胡子呢，你可不知道，刮了脸你有多帅气……"这样的沟通方式你会觉得怎么样呢？

有很多这样的男女：他们反应很慢，做事被动，胆子又小，老是认为稳妥才是最重要的，于是，差不多总是第一时间表明自己反对任何变化的立场。他们会不假思索地说"不"。情感也几乎总会凌驾于思考之上。真正积极和成熟的人懂得在情感和决定、行动之间做出权衡。最近，一个商人对我讲了他同合伙人之间发生的不愉快的事情。当时，他们随口讨论到一个善意的建议，合伙人马上翻了脸，第二天，那个人带着律师，非常粗俗地要求保护他的"权利"。合作的大门被"砰"地关上了。实际上，这中间根本不涉及应该严加保护的权利问题，也许稍微讨论一下就可能会给合作双方以及其他人都带来实惠。可局面使所有直接涉及的各方都遭受了无法挽回的也是令人惋惜的损失。那个商人对我说，他无法深入地理解这种根深蒂固的胆怯和不安全感，是它促使那个合伙人一下子发展到既不思考，也不听取提议就断然做出错误决定，并采取错误行动的地步。对此，他责备自己，因为他早就知道这位合伙人在做重大决策时花去两到三年的时间也是常有的事。消极行为过后，这位合伙人又拖了很久才主动反思事件的经过，终于意识到他非常粗鲁地、重重地关上了门，或许只有一个了不起的人才能慢慢打开它——可是他这样一个消极的人，是不够资格再一次打开那道门了。可见，消极的态度就是一个破坏者。

3．你逃避，而退却是消极的表现。

这似乎是最简单的解决办法。不是有人这样说过吗，"留得青山在，不怕没柴烧"？很明显，很多时候，除了傻瓜没人愿意选择逃避，因为逃避常常就意味着溃败、就是盲目逃窜，这样，一个人也就无法立足于积极的立场来处理问题了。

这种逃避的做法会逐渐演变成一种习惯。逃避剥夺了一个人的尊严和实际的安全感。受过惊吓的小兔子就算遇到最小的危险也会飞奔而逃。兔子习惯了逃跑，而逃跑也放大了它内心的恐惧，甚至常常在危险来临的时候，它会吓得僵直在那里，束手就擒。

有的人就像兔子，备受消极和恐惧的折磨，不断地躲避和逃跑，直到有一天浑身无力地僵直、颤抖，某一次致命的打击让他们尽失尊严。这些"兔人"躲避他人，拒绝面对生活中的问题。人也变得神经质，或者患上了恐惧症。他们背弃亲友，推脱责任，还沉湎于白日梦。这一点，后面章节将会详细地加以讨论。这些白日梦爱好者性格中消极的制动闸已被锁定，他们会感到自己的性格是无力争取成功的。这种人总是在不安中度日，玩一种叫"假装一切都好"的游戏，他们甚至会昂首阔步地走着，或者摆好姿势给人看，然后对自己说他正在愚弄别人，其实这根本就是自欺欺人。他从来不敢面对事实。事实上，任何有一定智商的人都看得出他在自欺欺人——一个自我欺骗者——人们会远远地充满同情地望过来一眼。这些两条腿的兔子甚至把逃避的技巧发挥到了极致——全线退守，最后再得上健忘症，或者躲在"疯人院"，假定自己就是拿破仑或者上帝。是的，消极的态度甚至可能比这个还要命！

有些现实问题的逃亡者会患上自己喜爱的疾病。弗兰德斯·邓巴博士在《精神和肉体》一书中把这些受宠的疾病称为"可爱的症状"。她说，即使伟大的政治家格莱斯顿，也常常会为了逃避在充满敌意的听众前做演讲而感冒。此事绝不是虚构。不只是孩子，成年人也同样会害上头疼、麻疹、胃痛，甚至是哮喘病以逃避诸如学校里、不满意的商业合同以及恋人间的争吵等各种各样的麻烦。

逃跑者最终会变得完全服帖。他会高举无条件投降的旗子，连一场恶仗都不想打。他就是一块门口的擦鞋垫，而被动接受一切的态度在他的背上织就了一个欢迎的标志。他几乎不会想到，人们用它擦鞋，却从来不会尊重它。他是那种虚弱的、失败的和消极得几乎没有任何机会的胆小鬼。

4．你吃酸葡萄，并逃避问题。这也是一种消极的态度。

你知道自己想要什么，可是你既不想直接也不想间接地完成这些愿望。你不过会说："嘘，我不是很想得到它，总之，我觉得有没有都没关系。"

前面我总是用名人轶事作例证，这次我用亲身经历来阐述这一道理。当我还是一个少年的时候，我非常看不起一个人。那个人根本就是一个"聚会动物"，大家谈话聊天的时候，他是中心人物，而且他的表达能力也特别出众。那个人让我着迷，可我告诉自己："我绝不能那样做人。"内敛——那就是我。谦恭——那就是我。不管怎样，我都不想让自己变成一个"聚会动物"。可当我深入理解了积极生活的力量，认识到消极态度不会结出果实之后，我才真正明白，其实，那时的自己正在一篮子接一篮子地吃着酸葡萄呢。

5．你依恋地躺在别人的光辉中晒着太阳，一副完全顺从的样子。

你摇动着卑微而恭顺的尾巴讨好那些志得意满、积极生活的人。你是一个随从，一个马屁精，一个跟屁虫。你跟在别人左右，希望借着潜移默化的魔力，最终从明星们积极的性格中反射出的某些光芒中领受些东西。你曾看到过有些家喻户晓的人在剧院玩倒立，或者在夜总会把便鞋当酒具喝酒。如果你年龄够大，这类人的故事你就能有印象，而他们是最好的例证。他们拼命挤过去同握过约翰·苏立文的手的人握手，只是因为那个爱尔兰人是世界重量级拳击冠军。

在一个不属于你的世界中，你很无助。你用你的方式大声地抱怨："我脆弱啊我无助。谁来给我一个属于我的世界？"你对周围的环境和它任何的改变都非常敏感。你是一个只会逢迎的怯懦者，把自己整个交给了那些强者。你还会使用向老婆或别人做出情感勒索的绝招。你耳根软，情绪化，可能还有点附庸风雅，耽于幻想。因为自己的依附心理，你感到内疚；虽然自己已经缴械投降了，但心中还充斥着敌对的情绪。你知道，如果自己不走积极路线，并同消极的心态一决雌雄，你就永远没有成就感可言。可你的姿态是你太弱小了，根本尝试不起。因此，你变得怪僻，并充满了敌意，你甚至害怕被人撕下你虚伪的面具，你希望自己醉生梦死的附属状态能为所有的人接受和尊重。可是你怀疑这个理想永远也不可能实现，你变得越来越没有竞争力，也越来越不自信。对你来说，消极的依赖心理已经完全主宰了你无能的生活。

这类人让一位积极的北方人回忆起首次美国最南部地区之行的经历。当时，他听到一条猎犬正在哀号，仿佛它的身心都在被撕碎一样。这位来访者大声地对一个当地人喊道：

"您没听到狗在叫吗？它肯定遇到了大麻烦。为什么没有人帮它？"

"哦，是的。"那个南方人耐心地解释着，没有丝毫的关心，"那狗根本不会有事的。它在仙人树树丛中，那个懒家伙不想自己出来。而且，谁要是帮它，它还有可能攻击谁。"

但生活中还是有很多积极追求美好事物的人，弗雷德·弗里契就跟我说起过一个。当时他在菲律宾吕宋岛上。那天他正坐在帐篷外，一个当地小男孩走了过来。

"'你喜欢椰子吗，先生？'他问道。

"我告诉他我喜欢，于是他拿了我的刀，穿过马路走向附近的椰子林。我看到他选了最高的一棵树爬到了树顶，跟猴子似的非常敏捷。不久，他拿着三个大椰子回来了。

"当他蹲在地上开始砍椰子的时候，我问他：'所有的树上都长椰子，你干吗要爬到最高的那棵树上去呢？最好的椰子长在最高的椰子树上吗？'

"'哦，不是的，先生。'他回答说，'但那些最好的椰子在最高的树上留得更久。'"

生活中也是如此，美好的事物一直都在等待着那些崇尚积极鄙视消极的人来争取。甘甜芳洌的生活果实离我们其实并不遥远，它们一直在等待着你去采摘，只要我们积极行动起来，生活中最好的椰子也一样伸手可及。

生活中，我们得到的最美好的果实总是少之又少，只是因为我们习惯了失败。我们甚至认为别人争取他们的那一份天经地义，而轮到我们就踯躅不前了。这种自我默认应该为人所不齿。很大程度上，这主要归咎于我们对自己存在严重的偏见。

有时，年轻时遭受的情感挫折会无意间阻碍我们充分地发挥潜能。有些情况下，我们需要在心理学家或精神科医生的帮助下，才能看清束缚我们的消极枷锁是什么。但更多时候，我们可以自己找到根源所在。认真研究本章所列举的四种生活观，就会很清楚地揭示出这样的事实，其实我们在不知不觉中就已经陷入了消极的生活状态。回顾你过去的成功，毋庸置疑，只有在你运用了第一种或第二种积极的方法的时候，你才会取得成功。反思过去的失败和那些没能化解的挫折，你也同样会明白，那时候，你正被一种或两种消极的态度所主宰着。

下一次在你觉得沮丧，开始认为自己缺乏实现愿望的能力，并打算耸耸肩，承认它超出了自身的控制，要把它扔到一边之前，请先自问下面这些问题，然后给出清晰而可靠的答案来：

1. 我的这种无能感是否有可能是自我强加的？

2. 我所看到的阻碍是否可能只是自我强加的敌对情绪呢？

3. 我从什么时候开始觉得自己能力不足无法完成具体目标的？是什么让我有了这种感觉和想法的？有正当的理由吗？

4. 我真的尽力去做那些我认为做不到的事了吗？我什么时候试过？如果我没试过，不要没有开始就打败自己，现在试一试，真的试试会怎样？如果我试了而且失败了，我能在纸上列出多少条失败的原因？这些因素仍然存在吗？它们当中的一些或所有的因素现在能被消除吗？是不是尽管我没有成功，也曾经全力以赴地尝试着做过？或者我只是敷衍了事，希望好运气撞到我的怀里来？

5. 实现目标的想法会让我感到非常紧张和焦虑吗？如果真是那样的话，我真正害怕的又是什么呢？那些恐惧从何而来，它们真的有意义吗？或者都不过是些不值一提的借口，帮我推迟实际尝试的时间罢了？

6. 我不愿意认真地考虑这种主张，究竟是为什么？如果我履行了这个建议，会不会同我的夙愿、长期以来的信念以及安逸的生活状态发生冲突呢？它一定能提升我的自尊感吗？或者可能失败的想法使得我回避了这一问题？是否执行这一建议会给我增加不必要的负担和责任，并干扰我惯常的生活方式呢？

7. 我在回答上述问题的过程中是否真的在很大程度上抛开了自我强加的限制呢？到目前为止，我是否仍然没有全面而积极地考虑过找一个具体目标呢？积极地处理问题的方式是否真的有可能帮我找到理想的解决办法呢？

心理学家已经发现，你经常在日常生活中遇到各种困难，主要是因为你对自己的问题并不十分明确，根本无法合理地分析它，于是，你也找不到可行的解决办法。在芝加哥中西部心理学会的一次会议上人们达成共识，认为分析问题是朝着解决问题的方向迈出的第一步。

这条科学的方法很容易执行，它几乎可以帮你马上有效地解决生活中50%以上的难题，还能帮你逐步地合理解决不能马上处理的另外50%。这样的好东西你愿拿什么来换？难道不是什么都行吗？因为你一旦拥有了它，你就拥有了一笔最珍贵的财富。是的，如果你读了下面的内容，它就是你的了。就是这么令人难以置信地简单！

分析和解决问题四步法是西北大学心理学系主任罗伯特·H.希绍尔教授、心理学副教授A.C.范·杜森和他们的合作者——研究生李斯顿·塔德姆和H.C.克劳普共同献给大家的一份礼物。他们的研究表明，这一方法在化解麻烦的过程中非常有价值，同时，它还能有效地帮助一个人克服惰性，最终解决自身存在的问题。

你需要拿出一张纸，并把它分成四栏，在每一栏上方按照顺序写上：

1. 总目标

2. 困难和优势

3. 解决方法

4. 良好解决方法的标志

这样你就学会了。它很简单。心理学家建议，你"不要浪费时间到朋友那儿寻求帮助，也不要一个人坐在扶手椅里不知所措地反复考虑那件事"。

希绍尔教授报告中说，"西北体系"通过强迫测试者陈述自己的问题，可以马上帮助他们解决50%的问题。与其他三个步骤相比，这一体系可以最大限度地减少模糊答案的混乱思考，并最终找到解决问题的答案。

"既然那么多人没有安全感，也没有把握制定计划，早上起床也不自信，我们认为这种四栏式分析和个人行动计划可以帮助一个人找到自信。"范·杜森说，"这个方法可以起到一个互相参照的作用，它可以帮助人们打破解决问题的'焦虑圈'。"

范·杜森教授援引了一个例子。一个夜班课上的成人学生找他咨询个人职业的问题。她觉得自己有能力做更多的事，而不单单是做现在的私人秘书的工作。

按照"西北体系"解决法，这位女士填好了四栏。在解决办法下面，她写道："谨慎行事；听取其他导师的建议；选修人力资源课程。"有了明确的行动计划，她一一完成了自己列举的内容。这个过程让她得到了自信。接着，她先在公司申请了一份主管人员的职位，并且她也成功了。

这个体系真是奇妙！它为许多人带来了机会。你现在有什么困扰吗？那就请你赶快体验一下"西北体系"吧！

第4章

勇于做决定 ▶▶

The
Power of
Positive Living

积 极 生 活 的 力 量
幸 福 生 活 需 要 的 日 常 心 理 学

没有什么比积极做出决定并付诸行动更值得我们一试了。一个人生活和事业上是否成功，很大程度上取决于他是否做出了决定并立刻采取了行动，或者他的所谓决定不过是一纸空文。今天，仍有许多人因为不会做决定，而一直被性格中的怯懦任意摆布，也有数不清的人丧失了自控能力，或者处于这种危险的边缘。在英语中，Abulia这个词的意思是"意志力丧失"，它源自希腊语，原意为"没有"和"建议"，现在人们用它来指自制力丧失或者衰弱状态下的精神错乱。

十多天来，梅太太一直不能决定是否要买一套新礼服，她反复和丈夫、和一些朋友在电话中讨论这件事。就这样，她反反复复地变了几十次主意，最后，她来到了弗罗克里商业区。忐忑不安地试穿了十多件看上去很滑稽的小码礼服后，她又逛了好几家商店，但还是决定不了到底买哪一套，她不知道是那件肩上有毛绒装饰的好还是有蜡果图案的好，回到家时，她已经筋疲力尽了。她在电话里和好友安妮讨论，安妮觉得有蜡果装饰图案的更好些。她又和丈夫讨论。梅先生最后逼着她买了一套小巧的饰品，这能让她看上去不再像海伦·霍金森漫画中的胖女人原型那么滑稽。现在她默认了别人的决定。可这行吗？小码礼服的确很俏皮——但只是符合安妮和其他人的品味罢了！她们都喜欢！没过几天，梅太太把衣服退给了商家，穿起了去年那套黑色佩金饰的礼服，嗯，差不多是金色的。

生活中，她也经常表现出犹豫不决。在准备丰盛一点的晚宴时，她总会在买羊排和买羊腰子上发愁。出门去看别人给她选好的话剧时，她会回去两三趟以确定门锁好了没有。接下来，当看到《再见了，我的如意郎君》中美丽的马德琳·卡罗尔要为嫁谁做决定的时候，她会跟着痛苦万分。看啊，梅太太记不清离家出门时煤气关好没有、门锁好没有，我们真怀疑当初她是怎么做出嫁给邻家男孩的决定的？一定没有经过深思熟虑，而是出于某种原始的冲动。如果她能养成自己做决定的习惯并迅速地完成它，她的生活一定会发生翻天覆地的改变。这是夸大其词吗？不是，生活中像她这种人可谓不计其数。

老好人渥伯·托普先生差不多也是这样的。几年前，他下不了决心是去报社还是去爸爸的银行工作。是爸爸为他做决定去了银行工作。他爱朱迪，却娶了爱莉。爱莉觉得自己爱这个男人，于是就用女人的方式为他拿了主意。

托普是个好人，只是总看不到事情的对与错，更做不到坚持自己的立场。现在，他在一个不属于他的环境中做着爸爸为他选择的工作。他和爱莉结婚，尽管那是一个好女孩，可他并不爱她。他曾有三个转行回到报纸行业的机会，但他爸爸都帮他做了决定，于是他继续留在了银行。另外两次机会来时，爱莉不同意，他就没有换工作。爱莉觉得她想嫁的是银行家。除非有一天托普学会了自己做决定，否则他会一直在这种困境中挣扎。

犹豫不决是幸福人生的破坏者。它是由疑虑、恐惧、粗心和冷漠引起的。实践证明，它在人们的心中堆积起的挫折感足以毁灭生命。无力做决定的人会被各种各样的消极行为困扰着，其表现形式中最糟糕的莫过于拖沓了——推迟做决定，逃避锻炼自己无力决定的肌肉。这种犹犹豫豫的人从来不会主动出击，总是希望决定都可以自动地形成。

每一个这样的人都唯恐自己被人证明是错误的。他可能犯错误。可是犯了错又怎样呢？每个人都会犯错。领袖和执行官们都热衷于做决定。他们之所以能成为执行官是因为他们有能力做出决定，而其他人却在逃避问题。执行官这一职位的准确定义就是能够做出决策的人，虽然并不总是正确的。但不管怎样，他做出正确决定的概率要更高些。任何领域中，那些跟班的和郁郁寡欢的人都是些害怕犯错或者不敢承担责任因而避免或不适当地延迟做决定的人。你能想象一个做不了决定的林肯吗？你能想象一个优柔寡断的艾森豪威尔将军吗？

就算你有时的确犯了错误，就算你大错特错又怎么样？没有人能永远是正确的。生活中美好的果实属于那些做出决定并努力执行的人，属于那些努力争取他们认为他和他的追随者们有权利拥有的人。

即使名人也会犯错。有时他们也害怕做错事，但这绝不会让他们变成不爱思考的人。著名科学家艾萨克·牛顿爵士就常常做错事。但是他正确的次数足以使他为全世界作出伟大的贡献。假设他因为下面的事情就平庸下去会怎么样呢？他坐在熊熊燃烧的壁炉前，陷入了沉思。火炉越来越热。他猛烈地按铃叫来了一个仆人，抗议说自己要被烤熟了。他命令仆人把火炉挪走。"您把椅子搬开不是更好吗？"仆人平和地建议。"老实说，"牛顿爵士大声说道，"我从来没这么想过。"很明显，有时他也很笨。

有一个爱默生和儿子赶牛的故事。那头小牛犊很犟。两人又是拖又是拉地想把它赶进牛棚里。那头牛伸开四蹄拼命抵抗。看到伟大的哲人爱默生先生似乎应付不了这种局面，一个牛奶场女工随即伸给小牛一个手指头，小牛吮吸着，就这样，女工一步一步退着把小牛引进了牛棚。

消极的人犯错之后，经常会尽可能地少做决定。但积极的人会抛开那些错误，积极做出自己的决定，并从中吸取经验以便将来少犯错误。

大都市人寿保险公司的工业精神病学家丽迪亚·吉伯森博士证实了犹豫的严重后果。她在解决和处理私人问题方面，帮助过许多大公司的员工。

"一般来看，焦虑是犹豫不决的根源。"吉普森博士说，"我们在理财问题上有所担心，是因为我们不确定自己的情况到底怎样。我们在难缠的问题上担心，是因为我们不能决定首先从何入手。我们担心自己得了什么病，却讳疾忌医。一个人总是犹豫不决，挫折感就会达到峰值。而挫折感的最终产物就是神经崩溃。"

很多人精神上备受犹豫情绪的折磨，甚至无法正常思考。这时，他们就应该早日去家庭医生那里寻求帮助，医生会给他们推荐合格的心理学家或者精神科专家，帮助他们详细分析原因。其中有些原因是深层次的。而一旦这些原因被揭示出来并加以解释的话，他们的症状就可以得到有效的治疗。

纽约心理分析师、作家路易斯·E.比斯奇博士援引了一个他熟悉的女性患者的病例。这位女士总是无法确定自己是否关掉了煤气，是否拔掉了电熨斗或者烤箱的插头。一旦在她的意识中出现了这种担心，她就会马上赶回家去确认一下。

"我在赶往费城的路上，"这个女士告诉他说，"我开始想到我家，当然了，我就很自然地想到了煤气。我变得越来越焦急。当我到达特伦顿的时候，我能想象得到我的房子火舌四蹿，人们只能从窗口进进出出。而这一切都是我的粗心造成的。我必须下车返回纽约。"

比斯奇博士解释说："压抑可能是这位女士对煤气灶和家用电器发生担心的原因。"他说："我们注意到，家用电器都会引起火灾，而她一直却想着发生火灾。你可能早已猜到了，她是一个未婚女性。火几乎总是代表了爱情和性。当性本能得不到释放时，它就在心理上以玩火的形式找到了一个间接的发泄口。这位女性没能在一个男性身上点燃爱情之火，就只能想象给房子放火了。当然，抑制因素最终压制了这种愿望。这样，向上和向下的两种力量的相互作用导致了她在情感上犹豫、疑惑、反复无常和不能自主决定。"

上面引述的每一种复杂的情况，生活中都曾大量发生过。这些消极的人承受着轻微的心理恐惧和常常会诱发挫折的疑虑所带来的痛苦，因而无法做出决定。他们很可能在童年期受到家长和老师过分地控制，因此缺乏自己做决定的机会。正是因为这样，犹豫不决作为一种习惯，是可以通过自我分析和反复练习另一种不同的习惯给予纠正的。

如果你现在试图改变自己犹豫的性格，那么你大可放心，犹豫不一定是无知和智力上有问题。相反，多虑和多疑往往是造成一个人在简单的问题上犹豫迟疑、迟迟不能加以解决的原因。一个人越聪明，就越有可能在做决定前，迅速地联想到很多影响因素。如果你智力欠缺，或许就不会如此犯难，因为你可能根本想不到那么多的后果。你的困难可能在于积习难改，总是把大量微不足道的事情放在重要的位置上来考虑，所以，你最好学会重要的事情优先考虑。

社会上的各行各业中，正是那些善于做决定的人担任着领袖的角色。可是做决定并没有什么特殊之处。其实它的公式十分简单，企业管理者、军官、医生、隔壁的邻居、政治家、屠夫、艺术家、烛台制造商对此都深信不疑。但无一例外的是，任何一个领域里，优秀的人在他们的日常生活中都会经常运用这个简单的公式，并且用得积极而富有建设性。

这个公式其实也属于你，你早就体验过它在生活中的作用。有时，你在不知不觉中运用过它，有时，你自觉地运用了它，但也许不够经常，没达到几乎是自动化的程度。尽管这个公式根据情况不同需要作出一些细微的调整，它还是为各行各业的人们提供了做出决定的根据。

   ✓ **你试图完成什么？**
   ✓ **你做好准备了吗？**
   ✓ **你可能采取哪些行动方案？**
   ✓ **哪种行动方案最接近完成你的愿望？**
   ✓ **你会怎样做？什么时候做？**

这不仅是我的公式，这也是一个普遍的公式。如果你运用它，那它就属于你。我用它指导自己做出决策，创建和管理了好几家企业。我还曾用它成功地帮助他人解决问题。

可能在做很小的决定时你不会刻意运用这五点公式，但不管你意识到没有，你还是部分或全部地运用了它。当你要做一个非常重要的决定时，最好完全遵循这则公式，甚至最好把每个问题都简要地写到纸上，以便更为详尽地考虑细节。

你试图完成什么呢？如果你不能相当具体地回答这个问题，你肯定会徘徊在空泛而不确定的境地中，无法得出任何非常符合逻辑的结论。成功始于目标的确定性。如果你有问题，就应该在心里或在纸上尽量明确它。确定了问题是什么，那么，你的目的又是什么呢？你试图完成什么呢？最终的目标是什么？正像斟酌问题时一样，一定要专注于这一目标并继续前进！你的思想偏离目标越远，就越为自己做决定增加了难度和不确定性。如果你的决定对于你和你的前途极其重要，你很难明确最终目标，那就去找一位优秀的咨询师，让他来帮助你理清头绪。他们可以帮你找到重点。但要保证你找的是一个称职的顾问。邻居大叔乔可能很了不起，而且有同情心，可他是否称职呢？在健康问题上，你的家庭医生可能会给出中肯的意见，但在理财或房地产方面，他们的建议可能是荒谬的。

你做好准备了吗？这个问题似乎很容易回答，可你要明白，如果你只是明确了一部分事实，并且其中有些不实，那么你的决定可能就会发生偏差。一个人不可能总是获得全部的事实，但一定要争取一切可用的部分。你可以通过采访、读书，通过给合适的信息源写信等方式来获取资料。没有足够的数据，你就不可能做出真正明智的决定。事实真实存在，但需要加以核实才可以使用。

街角杂货店的老板在出售店铺时可能会说，"其实我去年做了7.5万美元的生意，纯利润1万美元。"这只是一份简单的声明。事实是怎样的呢？他的账本可以证明他的业务量实际上只有5万美元，而且还没有做最后的成本核算。搜集事实时，你不要在一些私人意见、谣言和猜测上无谓地浪费精力。在这个国家里，还有人相信地球是扁平的；也有所谓"优秀人士"还会毫不犹豫地传播流言和空洞的猜测。能够给你真相的事实是什么呢？无论做什么，你都不要把个人情绪搀杂到追查事实真相的过程中来。它就像出错的线轴上的一根跳线，会把一切都搞得糟糕极了。

有哪些行动的方案呢？你已经确定了想要完成的任务，收集了可以获取的相关事实。现在，在你考虑当前问题的时候，可能会仓促地得出结论：只有一个行动方案可行。你可能是对的，但请你千万要再考虑一下其他的方案。通往罗马的大道可不止一条。其中有一条可能更直接，但却最艰难；另一条可能会更漫长，但旅途中你可以收获更多的幸福。花去一小时、一天或者一周在纸上提纲挈领地写出你可能采取的行动计划可能会让你避免日后徒劳数月或数年的损失和付出。

你会怎样处理问题呢？现在你已经真正地接触到解决问题的关键了。很多消极的人经常在这儿半途而废。你可能做出了决定，但如果不积极行动起来支持你既定的目标，这和没做任何决定并没有什么不同。你何时才会积极行动起来呢？时机是至关重要的。也许分析问题的时间延误了行动。但这是一个信号！正是在这一点上，很多拖延者因为消极被动，害怕做出决定，害怕采取行动，推迟行动，最终错过了最佳时机。这种人还会为自己的拖拉找借口，以合理化他们的无所作为。他们害怕主动出击，于是，宁居人后，不为人先。

在做重要的决定时，我们应该刻意而坚决地执行上述计划。但是对于日常生活中微小的决定，却并不一定要完全照搬。孩子和大人都可以在5分钟内决定要红色的汽水还是要白色的汽水。快速决定的重要性到底在哪里呢？就在于当务之急。如果你口渴，你得在二者间做出选择。

许多人犹豫不决是因为不正确的做事习惯，这完全可以通过练习加以纠正。许多你所认识的具有决断力的人不过是在后天养成了快速做决定的习惯，尤其是在一些不重要的事情上他们从不浪费时间。一个报纸新闻编辑每天不得不做出几十次、上百次的快速决定，直到成为一个自动的过程。一个好的企业管理人员每天要求做出各种决定，而其中很多决定会不知不觉

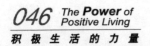

就做好了。他不可能做到总是没有偏差，但他会保持一个良好的平均成功率。

学会果断的最好方法就是练习果断。下面列举了一些练习法，你可以每天一有机会就勤加练习，一天可以进行一次，也可以反复操练：

用"是"迎接每一次公平的机会，不要说"不"。

把握每一次可能的机会，主动做决定。

不要争论是否应该去散步还是留在家中的火炉边，做个决定，然后立即照办。

不要为了吃羊排或者牛排冥思苦想，马上做决定。无论如何，你都得做一个决定。那为什么还要把它变成无聊的问题呢？

当有人问波普想来份冷烧还是杂烩，他不该推卸责任地说："什么都行。"他应该做出选择，以免让服务员小姐为难。

今晚你有三部电影可以选择，最好闭上眼睛，做一次即时的盲选，就算结果令人失望，也比10分钟还决定不了好得多。

下一次你买帽子或领带时，快速权衡各种选择，然后尽快做出选择。小错不断总比反反复复、犹豫不决要好得多。在大多数问题上磨蹭都没有任何好处。即使阅读，快速阅读的人比慢速阅读的人要理解得好。在我的办公室里，也可能所有的办公室情况都一样，那些尽快和尽早决定何时休假的员工都获得了最佳的休假时间许可。那些下不了决心的人只好等到其他时间了。

生活中，你可以找些小事训练自己快速做决定；做好决定后，即刻采取行动。打破以往那些看似不起眼的致命的做事思维。该给萨莉姑姑的信不是一直没有写吗？快放下手头儿的事儿，马上写！你已经完成了一个小小的积极之举，这可能会让你下一次主动对待问题变得更加容易。

去玩一个练习果断的游戏，随后你试着玩上一整天这样的游戏。假如你能不断地坚持下去，你会感到收获良多，于是，备受鼓舞地继续做下去，直到穿越心灵中那张犹豫与拖延的蛛网，获得更加积极的人生态度。

第5章

成功青睐积极的人 ▶▶

The
Power of
Positive Living

积 极 生 活 的 力 量

幸 福 生 活 需 要 的 日 常 心 理 学

对所有的行业来说，成功就像是一位迷人的姑娘，在那些有意无意间积极对待生活的人面前，从来都不会吝惜于展示她的妩媚。而对于消极生活的人，她却总是敬而远之。相反，失败天然地亲近消极的人，在它上面早就贴好了消极者们专属的标签。

数百年来，裙带关系带来的人浮于事的状况一直都存在，即便需要裁减人力，积极的人也总是能把握着最有利的时机。在工作中，他们升迁最快，薪水拿得最高；或者，他们也一样从低工资做起，但后来却能卓有成效地开创自己的一番事业。

为什么会这样呢？

因为积极的人知道他们究竟想做什么。

因为他们为自己的目标早作了准备。

因为他们努力寻求自己想要的东西，并且会采取积极的行动来获取它。

因为，如果由于不可控制的原因没能马上赢得自己应得的部分，他们会积极地发展自己的事业，寻求在其他的和更为理想的情况下获得应有的回报。

而消极生活的人得到的只是别人的剩饭剩菜。

为什么会是这样的呢？

因为消极的生活态度把这些人变成了奴隶。当然，他们找得到勉强为生的工作。他们积极的程度只够保证他们在贫穷和平庸中生活下去。他们满足现状——或许也会感到有些不满。但是，他们不思进取，期待随着工龄的增加，老板会心血来潮给他们涨工薪。或者，他们等待上司主动找他们谈加薪的事儿。当然，必须承认，某种程度上，消极的人的确也得到了自己想要的东西——别人的残羹冷炙。

这不仅仅是一个关于消极态度妨碍员工成长的理论，这也是一个被很多科学研究证明的事实。企业中，只有10%到15%的员工有升职要求。研究还显示，正是这种负面的恐惧导致了员工无法达成自己的目标，不愿意主动承担责任。在我撰写的《把握好你的生活》一书中有详细的研究证明，消极者事业上失败的主要原因——消极的性格和生活态度——几乎是每个人都可以控制并得到改变的。

任何人都应该留意自己生活得是否消极，除非他心甘情愿地接受失败。企业管理者和人事主管们在各项工作中都十分注意自己不能消极被动。也有一些人在审视自我和查找自身弱点的时候察觉到了自己消极的方面——但即便是这样，他们还是深陷其中，难以自拔，难以鼓励自己抛弃那种生活观。

下面这些消极因素总是在阻碍我们事业的发展：

不合作，十分固执
旷工，不坚守岗位
制造麻烦，传播流言蜚语，无理取闹
粗心大意
难以相处
游手好闲

过于温顺随和

脾气暴躁，自控能力差

目标模糊

易冲动，做不到三思而后行

不能坚持职守

缺乏耐心

过分敏感

容易气馁

缺少灵活性

缺乏信心

没有可以引以为荣的工作成绩或个人成就

过于挑剔

办事拖拉

容易动摇

唠叨或者少言寡语

没有或者很少有首创精神

很少或者没有热情

　　通过对数千名员工的调查表明，因为基本工作技能不足被解雇和不能获得晋升机会的情况只占很小的比例。一个人在个人事业初期就遭到类似解雇这样的挫折完全是由一个或多个上述的消极性格特点造成的。只要更积极一些，数以万计处于这一阶段的人就可以免遭解雇，并得到晋升的机会。

　　最近，纽约大学推出了一本小册子，旨在帮助年轻人了解进入商界的资格要求，需要做哪些准备以及可以涉足的领域。其中四种必备的基本品质分别是：与人相处的能力、勤奋、愿意承担责任以及反应的敏捷性。

上述四点都是必要的品质，只具备其中两点或三点是不够的。几年前，我分析了一家走下坡路的企业。这家企业的经营者是我所见到的最可爱的一个人，因为他十分善于与人相处。有研究调查显示，成功等于大约85%的人格特质加上15%的个人能力。这名男子拥有几乎百分之百的人格魅力，但是他的能力值差不多为零。事实证明他是一个失败者。生活中有很多人像他一样，在个人特质上和与人相处方面高人一筹，却无法赢得成功。他拥有必要的勤奋，但是没有用到关键的地方。

他不仅承担了责任，而且承担了超出他能力所及的责任，以至于女员工们会嘲笑他妄自尊大。在机敏性方面，他似乎抓住了机会，但是还不够，所以没有做好公司指定给他的具体工作。

上述品质都是积极的东西，但却总是被转换成消极的态度。作为一名企管人员，我常常会遇到下属断然拒绝承担部门职责的情况，尽管那会获得更高的薪酬。下属员工不愿接受高级培训也同样十分常见，这种事几乎每个办公室都有发生。要知道，那会使他们更有资格获取更多宝贵的机会。

对每一种职业和每一个行业的研究就是对工作中积极态度的真实解读。

例如，有一个17岁的小伙子名叫欧内斯特·E.诺里斯，他辍学后参加了工作。他想成为一名铁路工人，但又认为对他来说最好是学习铁路电报技术。他说服了一个电报员教他摩尔斯电码和处理工作细节。他坚持阅读报纸，耐心地等待着机会的到来。当他注意到伊利诺伊州的阿灵顿高地地区有一个电报员自杀了，年轻的诺里斯就写信给站务管理员申请这个工作，并且成功了。这都得益于他此前为此做好了准备。后来，他一直坚持积极的生活态度，并最终成了南部铁路系统的总裁。

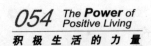

当查尔斯·R.胡克父亲的公司在经济大萧条中倒闭后，他找了一份周薪12美元的勤杂工的工作。在读完函授的工程学课程后，他在轧钢厂找到了一份工作，每天下班后，他都留下来自学各个操作流程的知识。他积累了很多经验。后来，他担任了阿姆科钢铁公司董事局主席。

威廉·A.佩特森只有15岁时就不得不辍学了。他在富国银行快递公司找到了一份月薪25美元的工作。他是一个积极上进的孩子。13年来，他一直坚持在夜校学习。从一个出纳员逐渐做到了美国联合航空公司的副总裁、总裁的位子。

15岁的少年大卫·萨尔诺夫为了帮助守寡的母亲不得不参加工作。他花了2美元买了一本电码本，又找来了一个电报键盘，闲暇时间里，他就躲在自己的房间里反复练习。他还总是随身带着一本字典学习识字。通过自学，他最后成了美国无线电公司的总裁。

从12岁开始，一个纽约小伙子开始做每周3美元的办公室勤杂工工作，这样，他就能帮助母亲养家糊口。这里是只有7年历史的通用电器公司的斯普拉格工厂。这个年轻人去夜校学习，之后他又读了函授课程，取得了相当于技术学院毕业文凭的资质。后来，这位积极的年轻人成了通用电气公司的总裁，他不仅解决了20万人的就业机会，还为25万股东赢取了红利。他就是查尔斯·E.威尔逊。

威尔逊先生微笑着说："生活中，一个人得不到自己想要的东西是因为想得到它的愿望还不够强烈，不足以使他勤奋地工作，也就是说，他的动力还不足。"

有一个看上去久经世面的人说："那都是霍雷肖·阿尔基尔式的东西了——早过时了。"过时了？霍雷肖·阿尔基尔的精神就是在自己的岗位上始终如一地积极踏实工作。无论如何，奋斗和成功——有史以来一直鼓励美国人奋发图强的原则——难道有错吗？

上述有关工作中积极态度的讨论，都是从大量的个人经历中精心挑选出来的，虽然这些人没有受到良好的高等教育，却拥有领导人们创业的才能。如果我们认可《财富》杂志关于1949年毕业班的调查，也许将来他们还会有更多的类似的大学生。这肯定会成为该年度最重要的事件，甚至比俄国掌握了原子弹技术还要令人轰动。

这项颇具预示性的调查显示，全国1200所高校已经培养了15万名毕业生，其中70%是退伍军人，30%已婚，98%的人害怕冒险，强烈地渴望"安稳"，他们都认识不到只有自我不断发展才是唯一真正的安全这个道理。

这些人中，大多数是现役军人，也有不少人曾经勇敢地面对过坦克和机枪。《财富》的这份调查清楚地说明，有一点是他们绝对不希望发生的，那就是他们不想、也不打算去冒险。这些老兵中只有2%的人有自己创业做领导人的打算。他们希望在大公司找份工作，将来可以领取退休金。他们中大部分人在进入大企业后没有自己创业的想法。

有些学生认为，这些人缺乏创业精神是因为他们先在家庭的摇篮中长大，后来来到部队服役，在那里，别人告诉他们吃什么，穿什么，早晨什么时候起床，紧接着，他们就像餐桌上的一道菜被转交给高校。他们已经变得乐于被别人供养着，爱上摇篮式的生活了。

他们拱手把未来最好的东西让给了少数心态积极的人。

指挥过70%的这类毕业生的将军对"安全第一"是怎么理解的呢？艾森豪威尔将军在给美国哥伦比亚大学的新生训话时告诉了我们他的立场。

"这些日子，这个时代，我们太多地听到有人说安全。"将军说，"安全，我们做的每一件事都要安全，永远不受冻、不被雨淋或者不挨饿。可我必须告诉你们，如果你们想要绝对的安全，那你来错了地方。实际上，我可以肯定地说，人类如果绝对安稳的话，就无法继续存在下去。生命只有在全力投入到为之奋斗的事业中去时才具有价值。没有奋斗就没有绝对的安全可言。"

"我希望到今年年底你们课程结束的时候，你们能把'机遇'这个词牢牢地钉进生命之旗的旗杆上，并永远追随它前行。"

当代另一位才思敏捷的思想家、美国科学与研究开发局的战时总指挥万尼瓦尔·布什博士认为，过分强调安全会导致灾难。

布什博士声称"根本没有绝对的安全"，"在这个充满变数的复杂世界中，如果没有意愿和勇气去承担风险就没有真正的安全可言"。

"只有我们的人民保持和发展他们的想象力和主动精神，并愿意和能够抓住机遇，我们才有希望自保。"

现在1949年毕业班的学生怎么样了呢？去承担风险的积极的意愿和勇气在哪里呢？当然，这些大学生并不只是一人。明尼阿波利斯煤气公司的克利福德·贾古森对3723份工作申请进行分析时发现，申请的10个项目里，对工作的稳定性的要求居于首位，申请者没有提到报酬，也没有提到晋升机会，可是安稳被放到了第一位！当然，谁不想有一个稳定的保障是愚蠢的。但是，当这种欲望被消极态度包裹起来时，一个人的思想就会陷入困境，再想取得成就会变得更加困难了。

的确如此，他们在新事业中失败的记录令人吃惊，同时也令人失望。很显然，所有人都不想努力工作，最终他们的企业也将遭到倒闭的命运。1949年毕业班学生的消极态度令人震惊，如果他们不转变态度，这一大批正值盛年的年轻人就会被经济和工业不景气的浪潮所吞没。几年以后，他们一定会对自己的"稳操胜券"的心态深感后悔，因为他们不为创业做好准备，丢弃积极的态度也就等于失去了晋升的机会。

与"稳操胜券"、"安全第一"的态度不同，我们可以读一下埃尔默·惠勒的故事。故事中有三个年轻人，战争时期，他们在华盛顿的帕斯科原子能工程中相遇并共事。惠勒说："当工程竣工时，他们开始了'连锁反应式的思考'，这让他们都成为了成功的商人。"

托尼·鲁伯特在美国明尼苏达大学学习商务管理。约翰·拉比过去曾是一名技术工人，在制造机器和工具方面很有经验。赫伯·奥斯朋在经营机械修理店方面是个专家，在原子能工程中就是机械修理的负责人。

像其他成千上万的人一样，离开了政府工作以后，他们问自己：我们现在能做什么呢？开始，他们思考了一段时间，以三个人的个人经验和技能，最适合经营机器和工具方面的公司。许多人就走这么远，但他们走得更远。他们有勇气，对当前的企业制度也有信心，于是决定冒险尝试一下。钱不多，于是他们自己建店，虽然经历了各种起伏，但凭借着顽强的毅力，他们渡过了难关。除了蓬蓬勃勃的小店生意，他们还生产和销售全焊接房屋拖车，并在西海岸获得了很好的声誉。他们成功的秘诀很值得称道："不盲目莽撞行事，先要自我评价，审时度势，认真思考自己最擅长做什么，仔细规划，但一旦订立了计划，就立即用可以做到的最好的方式采取行动，从不等待'最成熟的条件'来了再动手。"

这不是"时代"的错误，不是资金缺乏的原因，也不是因为

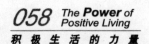

缺胳膊断腿或者少一只眼睛或没有大学学位——主要是因为缺乏积极进取的精神，从而影响了个人事业的发展。三位拖车生产商有着积极的头脑，遵循着这条积极的处世良方，确立了自己在生意场上的地位。如果他们消极被动，可能早就有许多现成的逃避借口，比如说不应该、不能、也不会有什么成功的机会等等。这样，他们就永远都不会有起步。所以，最鲜美的果实只属于那些积极的人，消极的人得到的只能是别人挑剩的次等品。

在最近的一次讨论中，有位为人消极的邻居口若悬河地阐述说，当今时代，任何人都不可能有机会在没有大量资金的情况下像过去那样建立一家企业。他说，尽管在另一方面，政府有各种口头承诺，但是要开办一家小型企业极为困难，一旦企业经受了"时代"的种种考验，政府就会再来剥夺你的利润。他滔滔不绝地解释了一个小时，还辩称，如今没有大资本，小企业很难建立，也不可能再有机会成为大企业。他的许多说法今天很适用，就像一百年前一样适用。今天要取得进展会更难，但并非不可能。积极的思考方式总是把消极因素考虑在内，但它更强调积极因素，强调用积极的方法去克服消极因素。

看一看积极态度在理查德·哈里斯身上是如何起作用的。他1936年毕业于耶鲁大学，算不上很早。哈里斯本来可以轻易地利用家庭关系在父亲所从事的毛纺业里找到一份好工作。但他骨子里有一种积极的倾向，他希望证明不靠爸爸也一样可以自立。

他用借来的仅有的5000美元在克利夫兰买下了一家美容店。他看到电烫头发需要昂贵的设备和高昂的成本，于是着手制定了一套家居美容方案，这样，妇女可以在家中烫发，可以省出一大笔钱。有很多人曾想推出这种业务，但没有取得出色的业绩。这并没有打消他的积极性，他制作了25美分的家用烫头机，但它在柜台移动起来很不方便，于是，他改进了机器和包装，提高了价格。尽管如此，女性还是可以节省很大一笔开支。现在消极的人可能会说，没有大笔的融资，你不可能做成此事，但在1944年，只用了50美元(是的，50美元)做广告，托妮家用电烫就开始向公众发售了。你一定了解这个产品。哪个女孩没有用过托妮家用电烫呢？数百万的妇女都在使用托妮产品。4年后，哈里斯以2000万美元的价格把公司卖给了吉列安全剃刀公司。

托妮事例是一个壮举，但它行得通，事实上，每个月都有深知"成功青睐积极的人"这一道理的人在筹建企业。在十年多的时间里，我参与建立了六家经营得很成功的企业。它们得到的投资都很有限。我还认识很多做着同样事情的人。比如，卡尔·F. 莫特莱特就是其中之一。他在亚特兰大一家银行担任初级执行官。他觉得柜台上应该放一个漂亮一点的手册架。于是，他发明了可以调整高度的塑料架，这引起了其他银行的兴趣。接下来的两年时间里，莫特莱特专门供应这种产品，利润十分丰厚。

多年来，分析积极的企业和企业管理者成功的秘诀已经成为我个人事业的一部分。这个工作令人着迷。无一例外，成功的企业都得益于积极态度释放出来的能量。几乎同样无一例外的是，对于那些失败的案例，分析其主要原因也无一不是消极态度在作怪。我至今还没有找到哪一个成功者人生观消极，也还没有找到哪一个失败者性格中积极多于消极，更找不到有哪一个高层主管或人事主管不同意我的这些研究结果。

记住，成功青睐积极的人。

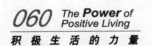

第6章

不利条件是你一生的财富 ▶▶

The
Power of
Positive Living

积 极 生 活 的 力 量

幸 福 生 活 需 要 的 日 常 心 理 学

也许你曾经认为，如果一个人只要身体没有残疾，果敢做事、积极生活就能成就一番事业。还有人认为残障人不必具备积极的人格力量。可实际情况恰恰相反，身体的缺陷常常会激发一个人的进取心。这种生动的事例在我们身边比比皆是。不论在哪里，只要你看得到残障人士——男孩、女孩、女士或者先生——他们身上都有我们想要证明的东西。实际上，在某种程度上，每个人都有身体机能或器官方面的残疾。的确，我们现在都有缺陷。残疾人永远都应该感激身心的残缺，因为在我们运用积极心态迎战残缺的时候，残疾本身就成为我们生活中获得成功的直接原因。用真正积极的心态来面对你身体上的残疾吧，无需证明，成功一定会像夜晚的阴霾过后注定要迎来美好太阳一样降临。

当然，如果我们认为应该感谢身心障碍也许过于乐观，甚至有点残酷，但如果你忍耐几分钟，我一定会让你觉得这有道理。众多残障人士都是在用准积极的心态对待生活。他们会找一个改正自己错误或者平衡内心的办法。但在他们每个人的内心深处都会另外有一个同自身残疾作斗争的人，这种不断积极争取的行为就是心理学家所定义的过度补偿。在幸运的情况下，他们可能不会获得现在的成绩。残疾本身并不会送给你一个成功的礼包，任何激发积极斗志的身心障碍都会因你变得积极而给你献上一份大奖。完全有理由证明，虽然身体有障碍，但与消极态度相比，这要好得多。

让我讲讲哈里·多埃拉和约翰·多伊的故事来说明这一点吧。这是真人真事。马上你就会理解我为什么不太认识约翰·多伊了。作为年轻人，两人都因患过风湿热病而跛足——双臂、双手、双脚，扭曲得仿佛用大钳子夹着一样。人们为他们和他们的家庭感到惋惜。约翰也为自己感到难过，他从来没有学会如何摆脱消极的生活观。他成了一个絮絮叨叨的废人，成了家中经济上和精神上的负担。三十多年来，他过着不幸和贫穷的生活。当然了，我和他并不熟。

不过，我说服了多年的朋友哈利·多埃拉，让他告诉我他作为一名残疾人创下几百万美元企业的故事，以期鼓励其他人。哈利是一位周薪8美元的纺织工人的儿子。高中毕业不久，风湿热病无情地降临在他身上。他读大学专攻化学专业的人生规划就此破灭了，多埃拉家中等水平的安稳日子也一去不返，这个男孩离开轮椅时，不得不像婴儿一样被人抱来抱去。5年来，可怕的疼痛始终折磨着他的身体，他不停地痛苦思索，却毫无所获。

又一阵疼痛发作了。"这种不幸为什么会发生在我身上呢？"

新的并发症后，他必须忍受常人难以忍受的饮食安排。"这不公平，别人有力气做事，可以自由地活动，我却必须年复一年地被限制在这里。"

更多的疼痛袭来，他不停地问自己："我做错了什么？竟让我遭受如此的折磨？这不公平。为什么？为什么？这到底是为什么？"

巨大的孤独包围着他，因为父母不得不外出工作以换取微薄的工资，这样才能维持全家的生活。为什么？为什么？为什么？怨恨和仇恨给他的灵魂打上了深深的烙印。他没有意识到在他身上到底会发生什么。那天晚上，他的父母没有看出有什么不同。但是，哈利·多埃拉内心里实际正发生着微妙的变化。一个革命性的进程开始了。奇迹正在发生。他已经跌跌撞撞地朝着积极考虑问题的方向而来。

"一直以来，我的困惑对我、对任何人都毫无用处。"他承认，"所有这些问题都没有意义，我的问题在哪儿呢？"最后，他冲破了一直束缚着他的消极枷锁。他开始采取积极的生活方式，而其他问题也随之而来。"我是一个残疾人，一个坐着轮椅的人，我怎样才能做一个对别人有用的人呢？以我现在的状况和处境，做些什么才能对别人有用呢？我现在能做些什么赚钱分担家庭的负担呢？"正是这些问题唤起了他积极的答案、积极的决定和积极的行动。

他想到了许多能做的事，但考虑它们的可行性后，又都逐一放弃了。他也尝试着做些其他的事，结果都不理想。但他尽一切努力来改变现状。最后，简单地说，因为没有经过任何培训，也没有什么专门的技术，他只好靠给明信片着色出售赚钱。他卖掉了一些，但夜以继日的劳动赚到的利润却很微薄。一年下来他只赚了800美元。为此，他制定了一项新的计划，那就是购买成品卡，通过邮购的方式销售。他扩大了业务，现在有成千上万的人买他的贺卡。如今他拥有一家百万资产的企业。

我常常心怀敬意地去拜访哈里·多埃拉。几天前，我又去看他。他在马萨诸塞州费奇伯格的家中处理公司的业务，而在佛罗里达，更多时候他会让驾驶员驾驶他的私人飞机飞往纽约办公。我坐在他装修得十分高雅的、位于时尚而宜人的罕布什尔名宅区的私人住宅里，从他十三楼的住处向下面的中央公园眺望。哈利坐在轻便的轮椅上活动自如。电话铃响个不停，直到他把它们全都挂断了。铃声干扰了他的思路和谈话。他是我所见过的最有教养的人。他亲自理财和管理公司，兴趣广泛，朋友众多。"道格，"他说，"我给你看一样东西。"他把轮椅摇到了一架电风琴旁边，那架风琴几乎被遗忘在宽敞的房间的一个角落里。他的音乐美好动听。尽管很困难，他还是运用练就的技巧够到了风琴的踏板。他熟练地敲击着键盘。他没有去卡耐基音乐厅表演的想法，但哈利和他的积极态度做得足够出色了。但是，约翰·多伊怎么就不可以呢？

这种生活状态下的哈里·多埃拉因为身体残疾而成功——他并非没有考虑自己的实际情况。你很难找到一个有成就的人没有残疾，他们甚至可能多处患有身心障碍。事实上，身体残疾的人为数众多。你看到的只是他们在奋力拼搏和取得的成功，也许，你忽略了横在他们前进路上的障碍。稍微浏览一下相关数字，我们就会明白，作为人，我们每一个个体都可能正遭受着多重的身心障碍。美国医药协会的报告显示，有1600万人是聋人或有听力障碍，还有数百万人有其他方面的身体缺陷，数百万的精神残疾，数百万人受到情感自卑的折磨，数百万人在较轻的负担前屈服。尽管如此，积极的人往往会在常人中脱颖而出，而消极的人则会带着一颗消极的心加入到无能的啜泣者的行列。而且一直如此。历史的篇章里写满了克服困难最终成功的伤残人士的名字。这些人中，有些是我们熟知的，可能还有一些人是默默无闻的，但他们都一样勇往直前。

考考你对这些伟大而无畏的残疾人士了解多少，下面列举了他们的名字，可以想象，他们很可能也经历过平庸无为的日子，但他们没有抱怨上天不公，让他们无法过上正常人的生活。你能说出他们什么地方有残疾吗？

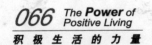

残疾部位

1. 恺撒大帝　　　　　　　　　 _____

2. 查尔斯·达尔文　　　　　　　 _____

3. 纳尔逊勋爵　　　　　　　　　 _____

4. 约翰·济慈　　　　　　　　　 _____

5. 尤利西斯·S.格兰特　　　　　 _____

6. 路德维希·范·贝多芬　　　　 _____

7. 拜伦勋爵　　　　　　　　　　 _____

8. 托马斯·A.爱迪生　　　　　　 _____

9. 爱伦·坡　　　　　　　　　　 _____

10. 弥尔顿　　　　　　　　　　　 _____

11. 德摩斯梯尼　　　　　　　　　 _____

12. 查尔斯·斯坦梅茨　　　　　　 _____

13. 伊丽莎白·巴雷特·布朗宁　　 _____

14. 彼得·施托伊弗桑特　　　　　 _____

15. 亚历山大·柏蒲　　　　　　　 _____

16. 罗伯特·路易斯·史蒂文森　　 _____

17. 富兰克林·D.罗斯福　　　　　 _____

　　这份名单可以继续一直写下去，一本曼哈顿电话簿可能也写不下。名单中的残障人士残障情况如下：

(1)癫痫；　　　　　(2)伤残；　　　　　(3)一只眼睛失明；

(4)结核；　　　　　(5)咽喉癌；　　　　(6)耳聋；

(7)畸形足；　　　　(8)自童年就有的耳聋；(9)神经病；

(10)中年时期失明；　(11)口吃，口齿不清；(12)驼背；

(13)伤残；　　　　　(14)假肢；　　　　　(15)驼背；

(16)结核；　　　　　(17)小儿麻痹。

这些都是积极生活的人克服残障的典型例子。军队中的情况怎样呢？退伍军人管理局的档案里记载了很多军人尽管身体受到了巨大伤害却重建新生活的事迹。

比如鲍勃·奥尔曼。读一下他在宾夕法尼亚大学生活的简介，假如你不知道他是个残疾人的话，请猜一猜是什么让他有勇气战胜了自己。他是大学摔跤队中的明星运动员，摔跤比赛中曾44次获胜12次失利。他获得了杰出奖。这个奖项是为即将进入宾夕法尼亚大学杰出运动员行列的高年级学生设立的，它是根据运动员的人格、品格、运动场上表现出来的勇气以及奖学金等方面来评定的。他还获得过PHIBETA KAPPA联谊会(美国大学优秀生和毕业生的荣誉组织)奖学金，荣誉加入社团领袖们的斯芬克斯社团，等等。那么，这位受人欢迎的摔跤者身体什么部位残疾呢？他接受过肋骨分离手术，肘部严重感染过，还有一个膝盖扭曲。同时，鲍勃·奥尔曼还是一位盲人！

在纽约大学，教练冯·艾林指导残疾学生学习如何跨栏。他让一个患过小儿麻痹的男孩把5英尺9英寸的跨栏调得再高些。没有患小儿麻痹的孩子试过那个高度吗？我想即使是健康人也最好从3英尺的高度练起。

在困难面前我们都在做些什么呢？

你是众多小说和电视剧《伴父生涯》的读者之一吗？这部作品是克拉伦斯·戴把铅笔绑在手指上完成的。他的手指在美西战争中受伤致残。

现在，你的困难在哪里呢？

困难阻止不了生活态度积极的人，它阻碍的只是那些消极者。

你有没有被困难压倒过？因为缺乏资金，缺乏正规的教育，缺乏时间，缺乏对于各种想到的东西的渴望，或者只是缺

乏积极生活的态度。

10岁的埃塞尔怀因·金斯伯里在吊床弹跳到最高时摔落到了地面，腰部以下瘫痪。她的母亲靠做一份护士工作来维持母女简朴的生活。白天，她一个人被留在家里。这位少女在家里自学了专业课并以优异的成绩从中学毕业。明尼阿波利斯商学院不愿录取她。当时人们认为，她的残疾将会剥夺她谋生的机会，可她最终还是出现在了这所学院里。后来，她成了院长秘书。

你阻止不了一个积极的人。埃塞尔怀因想当一名歌手。她用做秘书工作赚来的钱参加歌唱训练，并在美国哥伦比亚广播公司歌唱比赛中获奖。她在无线电网络的工作收入很可观。她还成了钢琴家考特雷斯·海伦娜·莫尔什藤的经理人，并担任了明尼苏达州联邦音乐协会的主席。

埃塞尔怀因·金斯伯里解释说："我首先认识到，我能做的最糟糕的事，就是引起或期望别人的特殊关照，只因为我是残疾人。可没有什么比自哀自怜更糟糕的了。"

积极的态度总会战胜自我怜悯的消极态度的。

这里列举的事例都不是我刻意挑选的。你可以在成千上万的人中任意选择。比如，你可以在西部电气公司700名残疾工人中随便选一个。有一天，公司高层决定对700名没有明显缺陷的工人与同样数量残疾工人的工作情况进行对比分析。所有1400名工人从事同类工作。所有人的工作都会根据生产速度、劳动力流动率、旷工情况被打分。结果残障员工在这三项中每一项均优于健全员工。

当你想到那些没有受过教育和肢体残缺的人，通过他们积极的态度解决了自身的问题，就很难同情那些自怨自艾的人，他们总是会说："哦，我没有机会接受良好的教育啊，如果我上过大学，我会让全世界为我骄傲。"他们在等待什么呢？《美国名人榜》所列举的名人中，从未受过正规大学教育的男性和女性占了很大比例。他们都是自学成材的。

《福布斯》研究了50位美国商界杰出领袖的生涯。约半数的人没有接受过大学教育。贝尔电话公司绝大多数部门经理没有获得大学学位。鲍勃·戴文自己搞运输，经营一家小型汽车修理店。他没有接受过大学教育，已婚。他先是一名纽约市侦探。夜校毕业后被纽约大学录取。1949年6月，他获得了法律硕士学位。拉斐尔·狄蒙斯，一位希腊移民，通过个人的努力，他从一个看门人成为哈佛博士，最后获得了哈佛大学奥尔福德学院自然宗教、道德哲学以及国家行政组织学的教授职位。

这些人没有胳膊，失去了双腿，双目失明，没有接受过正规教育，没有继承过财富和地位，也没有别的优势，但他们靠自己的不断努力达到了个人事业的理想高度。只因为他们有着积极的人生态度，他们超越了身体残疾带来的命运的不幸。

当谈到职业选择的时候，很多人不知道自己到底想要做什么。大多数人从来没有真正想明白自己适合做什么。他们随波逐流。他们的积极性只够维持温饱，于是，人生的航程也失去了方向。相比之下，那些残疾人在种种不利的条件下会分析自身实际，以一种积极的心态发挥他们的能力。而消极的人只会一成不变地工作，在社会生活的各个领域被动地为奋发向上的人们让路。

第7章

我们都渴望得到社会的接受 ▶▶

The
Power of
Positive Living

积 极 生 活 的 力 量
幸 福 生 活 需 要 的 日 常 心 理 学

通过积极的态度获得物质上的成功固然重要，但满足人类三个深层次的需求更加重要。要满足这些需求需要一个人积极行动起来。正如心理学家们指出的那样，如果说食物、水和住所是人类的物质需要，精神信仰是内心需要的话，那么人类的三大需要则缺一不可，它们包括：

1. 为社会所接受的需要。每个人都强烈地希望自己被他所热爱的社会群体所接受。我们一定要加入某个群体，从而获得归属感。对于我们来说，最可怕的命运莫过于遭到放逐。一个人如果受到了排斥，这将是一笔巨大的代价。

2. 对满意的爱情生活的需要。仅仅在群体中得到接受是不够的。每个人都渴望在各方面均得到承认，从而证明他作为一名个体的价值。每个男人都渴望得到某个女人特有的青睐，每个女人都希望成为某个男人生命中不可缺少的一部分。

3. 肯定自我的需要。每个人都希望群体或社会接受他。这一群体会在他的心目中占据最重要的位置，但这还不够。每个个体都必须有一个存在的理由。他需要别人认可他作为一个个体是凭借自身的实力生存下来的。我们都渴望成为重要的个体。

如果我们想要生活得美满快乐，这三种需要就必须得到满足。一个人只要积极生活，就能够最大限度地实现它们，而这一点人人都能做到。对于理想的爱情生活和肯定自我的需要将会在以后的章节里谈到。这里我们首先探讨一下被社会接受的需要。

戴尔·卡耐基在《如何赢得朋友和影响他人》一书中针对这一点列举了很多非常生动的例子。世故的人一边嘲笑这本书，一边把它买回来认真地学习，并从中获益。在世界各地，这本著作用几十种不同语言出版，数百万男女老少都成了它的忠实读者。

前不久，我在泰德·马龙主持的一个电台节目上接受采访，顺便提到了"七天赢得新朋友"这句话，那是我在《把握好你的生活》一书中讨论过的一个话题。很快，电话铃声不绝于耳，邮差也不断把成袋的邮件送到泰德·马龙的办公室。在节目中，我对如何赢得朋友只是随口一提，想不到却引来人们上万次的咨询。收到的明信片、书信和电话，已达到2.3万多次（份）。节目播出后有好几周，我们还不断地收到这方面的垂询。这样说来，不只是你一个人非常渴望得到社会的认可，很多人都是如此。如果你能采取直接的方式来获得这种认可，你就不会觉得孤独。

你可能十分反感这个话题，但不论你觉得自己多么可爱，也不论你觉得自己属于哪一种社会角色，你几乎都必然处于某种社会交往的状态中。如果你不满意自己目前的社会接受度，那么你可以积极地策划并行动起来去改变它，但你应该马上了解一下自己的现状。

如果你觉得自己很孤独，在这个世界上一个朋友也没有，那是因为你消极和粗心。如果你所属的群体限制了你，使得你只能结识一两个同办公室的人，或者大厅对面部门里的人，或者只能在火车或公共汽车上结识朋友，你不必接受这种局面。如果你与一群酒鬼、舞迷在一起——那也只能说你心甘情愿如此。你一定读过科利尔兄弟把自己关在纽约混乱不堪的家里的故事，或者知道某个大城市里有个女人几年时间里一直把自己关在酒店的房间里，透过门缝接受食物的故事。这些都是消极的极端事例。没人强迫他们——他们自己选择并且接受了那种隐居生活，毫无疑问，他们纵容了内心的挫折感，但同时，他们又渴望为社会所接受，却从不懂得如何去获得它。

有两位新人来到同一个办公室工作。很快，其中一人结交了很多朋友，因为他为人积极，善于赢得朋友。另外一个可能独自就餐，一个人看电影，或者和其他几个离群索居的人为伍。你们也会看到新的家庭进入社区，一些家庭是活跃分子，受到了人们热情的欢迎；另外的家庭住上几个月，甚至几年，邻居们甚至都不知道他们的名字。行动上，你的邻居们也会分成积极的或消极的，可是每一家都有着同样的渴望——为社区群体所接受。

塞拉·萨姆特·温斯洛因为写作和电台工作而广为人知，她告诉了我们她的个人经历。她就是那种积极行动起来寻找性格相似的群体从而获得归属感的人。

她来自一个南部小镇，是一位对生活极为不满的年轻女性。她对祖母抱怨说，这里的人"心胸狭窄，愚蠢，令人厌倦；他们都很沉闷；胸无大志，没有理解力"。她不确定自己其实想要的是他们的理解。她没有意识到是自己消极的生活态度促使她作出这样的评价。祖母极力向她解释乡亲们人都非常好，家庭生活打理得井井有条，做着对社会有益的工作。但这对于年轻的塞拉来说还不够。她旁若无人地宣称，他们和她不是同一种人。

后来，她前往纽约，成了一名作家，在成功的作家、艺术家或者类似的职业人群中找到了归属。

现在，温斯洛小姐积极地行动起来了，但她心中感到十分不安。她找到了一个自己认可的群体并加入进去——那是一群"想法幼稚，而且十分激进的愚蠢的青年人。他们过于标新立异，放荡不羁，毫无教养；没有多少才华，却野心勃勃。这些人只不过是一群躁动不安、身心发育不健康的半拉子作家、艺术家和演员，他们的思想和反叛行为毫无可取之处"。

当意识到自己的态度可能有问题时，她开始用一种新的视野看自己的朋友，她体会到以往那些朋友身上也有真正的闪光点，于是，她开始同过去的圈子决裂，并用积极的态度分辨和选择可以接触的人。她发现，在纽约就像在其他地方一样，有很多真正值得她去结识的人——只要她有过人之处，就会有许多年轻人非常乐于与她交往。正是凭借这种自制力，她逐渐获得了目前的社交地位。许多令人尊敬的剧作家、作家和演员和她结下了深厚的友谊，而他们给她的生活赋予了全新的涵义。

的确，一个人不可能总是指望进入名人们的社交圈，但是，你可以在办公室、街道社区、教会以及其他地方选择志趣相投的朋友。你可以拒绝同那些偶然结识的朋友继续交往下去，不断地寻找与你志同道合的人们。你可以主动接触社会，广交朋友，正像其他人所做的那样。这里面没有什么秘密可言。

如果你完全满意自己目前的社会接受度，这一章的内容就不适合你了，除非你希望更为深入地了解他人的需要。但是，假如你想主动扩展和加强交友本领，你会发现这里提供的策略对你会有很大帮助。如果你有文中提到的逃避积极行动的倾向，那么你很可能是一个消极生活的人，并且一直固守着这种生活方式。

有些人过分地以自我为中心，对他人的言行毫不在意，除非那与他们密切相关。另外一些人则关注社会，关心他们所属的社交群体。对此，有些人很好地均衡了二者，而有些人则倾向于一方，但大多数人属于两种倾向的结合；如果你打算运用积极的策略，那么确定你是一个平衡型的人还是倾斜型的人是十分重要的。

善于社交和获得友谊之间有一定的联系。以自我为中心的人通常不受人们的欢迎，这是因为他总是消极处事，斤斤计较，固执己见，没有合作精神，难以与人相处，喜欢炫耀。而善于社交和社会认同度高的人则更加友好，有合作精神，易于相处，并且适度地谦虚。

所以，后者能赢得更多热情的友谊，在社交群体中也处于一个更受欢迎的地位，往往会成为更为积极的个体。

测试一下你在社会认可方面的品质：

	是 否
1．你能轻松地结交新朋友吗？	□ □
2．你能心态平和地对待自己在交往圈子中的地位并且表现得很优秀吗？	□ □
3．你能始终为了保全他人的面子而不对他人作出评论吗？	□ □
4．你总能顺利地避免争吵吗？	□ □
5．你是否非常善于表达自己，知道如何让朋友知道他所热衷的事你其实也很关心？	□ □
6．你是否会和你熟悉的人谈些对他来说很重要的事情，例如，周年纪念日和其他特殊事件，	

或者说，你对此有一定的了解？ □ □

7. 你会定期接受邀请参加男女两性的聚会吗？ □ □

8. 你是否尽可能多地参加你觉得应该参加的俱乐
部和其他社团？ □ □

9. 你乐意并且会不失时机地向他人提起你的朋友
的优点和成就吗？ □ □

10. 如果你卷入了一场争论，你能控制自己不发
脾气，努力弄清对方的立场吗？ □ □

11. 你是一个能够充分融入谈话中的健谈的人
吗？ □ □

12. 在所参加的俱乐部和其他组织中，你是否做
到了尽可能地活跃？ □ □

13. 你是否能耐心地容忍他人的怪异习惯和不稳
定的情绪？ □ □

14. 你是否有足够多的朋友让你觉得很满意？ □ □

15. 在有异性参加的活动中，你是否会感到局促
不安？ □ □

16. 你是否会征求朋友和他人的意见和建议？ □ □

17. 即使在不方便的情况下，你是否能想方设法
地帮助他人？ □ □

18. 你是否总能履行诺言？ □ □

19. 对你朋友的行为、孩子及相关活动，你是否
表示认同？ □ □

20. 你是否始终避免使用嘲讽和贬低的表达方
式？ □ □

21. 你是否自信自己是一个受异性欢迎的人？ □ □

22. 你是否能够尽量避免批评别人，就像你不愿

被人批评一样？ □ □

23. 你是否总是对自己不满和抱有偏见？ □ □

24. 你是否能率先行动同那些你认为值得进一步
交往的老朋友重修旧好？ □ □

25. 你能主动建议你的朋友参加你们或者大家都
喜欢的活动吗？ □ □

26. 你能体谅地接受而从不刻意打听别人的隐私
吗？ □ □

27. 你是一个快乐的人吗？在你不高兴的时候，
你是否能在别人面前克制自己而不表现出忧
郁和自我怜悯呢？ □ □

28. 你是否会很谨慎地从不把友谊强加给别人，
或把友谊视为理所当然？ □ □

29. 当你喜欢他们，你会用言语、行为或者态度
来表达你的想法吗？或者三者都有？ □ □

30. 你是否充分认识到了别人同你一样渴望得到
感激——表达出来的感激，而不会把它视为
理所当然，而且你也是这样做的？ □ □

31. 你会常常主动提议大家去看演出，去参加聚
会或者去探险吗？ □ □

32. 你是小组中新活动的发起人或者发起人之一
吗？ □ □

33. 听到好笑的事情，你能比大多数人先笑么？ □ □
你是否会常常最先讲出一个十分精彩的笑话
呢？ □ □

34. 你是否会大胆地接受变化、新活动、新兴趣
和不同寻常的事？ □ □

我们都渴望得到社会的接受

35. 你是否会成为建立某一组织、开创一项事业
    并努力把它办好的人呢？ ☐ ☐

36. 你是否愿意在小事上主动帮助他人？ ☐ ☐

37. 你是否自愿加入或者迅速接受委员会成员的
    身份？ ☐ ☐

38. 你是否非常热心地支持社团的活动，而不仅
    仅是抱着平静接受和温和合作的态度？ ☐ ☐

39. 你是否比你的同伴胆子大一点，更愿意冒险？ ☐ ☐

40. 在组织的会议或非正式团体会议上，你是否
    会第一个发言或者第一批发言？ ☐ ☐

肯定回答的数量多少表明了你获得的社会认可度的大
小。这类测试不能说具有绝对的科学准确性，但这些问题
是基于心理学家和人际关系专家们对社交品质方面的分析
和实验得出来的。

如果你有18个否定答案，那么你可能刚好及格。你也
许有某种领导者的潜质，但即便这样，你不是一个受欢迎
的人，亲密的朋友很少，志趣相同的交往对象不多，这些
都让你无法满意。如果你的否定回答只有10个，那么我要
向你表示祝贺。

积极的人会仔细研究否定的原因，采取措施变否定为
肯定。他们还会核查肯定回答，并通过具体的方式方法，
保证回答是绝对准确的。

提醒：如果你恰巧有30多个问题选了"是"，也不要觉
得你肯定已经赢得了很高的社会认可度，你可能对自己过
于宽容了，或者还没有核准答案的准确性，获得有力的证
据支持。

为什么有的人在社交中受欢迎，有的人却成为无足轻重的失败者呢？这方面的书籍和文章铺天盖地。在这些研究中，几乎一成不变地强调了持欢迎的、和蔼的、非对抗性的和友好的态度的可取之处，但都没能解释清楚为什么有些人可能具备了这些品质，仍然在社交群体中是一个不受欢迎的旁观者。我认为，在研究一个人如何能在社交场上更加成功的问题上，位于丹顿的北得克萨斯州立大学心理学家莫勒·E. 波尼博士在同代人中作出了最重要的贡献。

　　六年多来，波尼博士对社交场上成功者和失败者的性格特点进行了科学研究。研究表明，除非你的社交圈公认你是积极的，否则你很可能因循守旧，社交能力一般。

　　"很清楚，一个人为了赢得朋友必须友好。"波尼博士声称，这一点和阿尔伯特·爱德华·维格曼博士在他著名的研究报告《幸福的新技巧》中所说的一样。"有一则谚语说：'如果你想拥有朋友，就要先成为朋友。'可这只是一个对了一半的真理。在我的研究中，有一些人十分友善，最后却被他们的朋友所抛弃。

　　"前面我说友善，意思是说，这些人都很慷慨，善良，助人为乐，急于讨好别人，礼貌和体贴他人，总之，他们是那种好人。不论孩子还是成人，他们的问题在于自身缺乏很强的个性，换句话说，一个人要想受到欢迎，必须首先把自己看作是一个圈内人。

　　"通过研究我发现，一个人容易为人接纳，不是因为他具有一种或几种通常被认为是必要的赢得友谊的性格特征，更多地是因为他这个人以及他对所属群体所作出的贡献。即使这个人在很多方面都让人讨厌，比如他飞扬跋扈或者不修边幅，可如果他有着强烈的进取心，对所属群体的成功具有很大的作用，他仍可能成为圈里一名受欢迎的成员。这绝不是在泛泛地空谈。"波尼博士继续说道，"以我两个学生为例来阐述这个观点吧。第一个是男孩唐纳德，智商只有80。他可能根本无法读完高中，但我打赌他的人生一定会有所成就。

"他在校的成绩非常差，但在我的研究中，他连续两年位列最受欢迎学生组。的确，他性格开朗，为人友善，不过，这并不是全部，这还只是他受欢迎的、社交上很成功的原因的一部分。

"另一方面，他总是留意什么时候可以为周围的人帮忙。班级表演时，他拉窗帘；主动做跑腿儿的活儿；照顾班级里的公共宠物；在操场上出色地为班组服务；还时常为解决团队中出现的实际问题提出有用的建议。

"此外，唐纳德尽力影响其他儿童能够公平地做游戏，在节目时间保持安静，一起做好学生。他有令人愉快的个性。而且他为人正直，并为集体利益作出了自己的贡献。

"现在我来谈聪明的女孩海伦，这个例子非同寻常——她智商很高但社会认可度却很低。海伦是我第五档和第六档中人气最低的一个孩子。"

为什么像这样聪明的女孩不能赢得社会的认同呢？有时，他们性格中确实有拒绝社交的特点，但是海伦并不反对社会交往，她不过是缺乏社交的技巧和目的而已。她从来不会为集体做任何事。她的功课虽然做得很好，但很少在课堂讨论中发言。在操场活动中她很被动，其他事情上也从来不积极主动。她的老师提起她时说："她对集体不感兴趣，其他人很少注意她。"

"现在，你们看到了，即使智商很低，唐纳德的生活可能永远都不会出问题，他也永远不会成为社交集体的累赘。可对于

海伦来说，虽然智商很高，毫无疑问，生活中已经开始出现麻烦了。并且这样的人几乎总是如此。我们的社会可以从哪一种儿童身上获得更多的回报呢？难道不是唐纳德会获得更多的机会、更大的社会财富，成为更加幸福的人吗？

"我们必须放弃这样的想法：一个人要想成为对社会有用的成功者一定要善于交际，为人友好。我的几个孩子在社会认可度上连续6年排在前面，但他们并不善于交际。按照荣格的理论来定义的话，他们是内向的人。之所以他们会有很多朋友，在社会交往中获得成功，只是因为他们有积极的人格，例如，勇敢、进取精神、领导能力和真心为社交团体谋福利的兴趣。

"如果你对自己的社交圈不感兴趣，圈子中的人也不会对你感兴趣。不管你表现得多么善意，他们会干脆不理会你，因为你缺乏进取心。你没有敌人，但这不意味着你有很多朋友。很多和善的人既没有朋友也没有敌人。

"孩子，还有家长，都应该懂得赢得朋友的艺术并不在于几个简单的招数和姿态，而在于获得各种能力，并培养强大而积极的人格特质。一个人如果不积极地行动起来，让社交群体看到他在为共同的利益做事，他是不会赢得朋友的。在我看来，这将是家长、教师、专业咨询师乃至所有青年人最重要的一课。

"如果你希望受人爱戴，广交朋友，成为一个快乐的、善于自我调节的和有影响力的人，那么你一定要行动起来，其实做一个了不起的人并不难！"

第8章

造就理想的爱情生活 ▶▶

The
Power of
Positive Living

积 极 生 活 的 力 量
幸 福 生 活 需 要 的 日 常 心 理 学

一个男人或者女人，可能会赢得社会认可，但同时，他还会非常渴望美满的爱情生活——无论对于一个男性还是女性来说，这种基本的渴求都不可或缺。假如这一愿望得不到切实的满足，他就失去了一半的生活意义。与获得社会认可一样，美满爱情这一人生最好的回报，在很大程度上有赖于积极的人生态度和方法。

订婚和结婚是一件积极的好事。

"你愿意嫁给我吗？"这是一种直接而积极的请求。

"我愿意。"这也是一个肯定的答案。（如果否定回答，那就无所谓订婚了。）

"你愿意嫁给这个男人……爱他……为他而骄傲吗？"这是在圣坛前或在证婚人面前一种直接的和正面的询问。

"我愿意。"这是一种肯定的承诺。（如果否定了，就结不成婚了。）

这些问题都很积极，通常也会得到肯定的答案。通常在结婚以后，夫妻中有一方或两个人都回到消极的态度上来，就会开始质疑他们的婚姻为什么会变得如此失败。可如果当初有一方哪怕只是在当时那一刻不积极主动，他们也决不会订婚或者结婚。

以约翰·奥尔登为例。这个腼腆而消极的男孩遇上了一个积极的女孩。他一直暗恋着迷人的女孩普里西拉·玛伦。他喜欢她站在"五月花"的甲板上时让风吹过的身形，喜欢她飘逸的秀发，闪烁的双眸，还有她沿着普利茅斯第一大街用力拖水桶的样子。他有着我们上面谈过的那种基本渴望，但消极的态度却在欺骗他。他没能做出积极的决定，开口争取自己想要的东西。约翰·奥尔登把这个秘密告诉了他的朋友绍提·斯坦迪什。

此刻，普里西拉那美丽又充满渴求的目光告诉我们，她已经下定了积极争取的决心。她喜欢这个个头比她高的小伙子——被动的年轻人奥尔登。她选择了积极决定、努力争取的简简单单的做事方式。"你自己为什么不说呢，约翰？"此时，他只好道出了心声。就这样，在第一轮的前30秒，积极的人教训了一下消极的人。

就那么简单。正是因为它如此简单，很多消极的男性碰巧遇到性格积极但自己又不满意的女人时会不知所措。所以，美丽的女孩嫁给一个平常男生也不足为奇。有时相遇的男女都很消极，那会怎么样呢？肯定什么都不会发生。

唐纳德·A. 莱尔德博士曾在他的《管理人的技巧》一书中对消极者的相遇作出了颇有见地的评价——结果只能是"心动一下"而已。莱尔德博士如今已经成为全世界研究人际关系问题方面最著名的专家之一，同时也是一位杰出的心理学家和作家，但他也一样并非总是积极。

"我在中学三年级的时候，有一个矮胖的科罗拉多女孩欺骗了我，"他回忆说，"现在就我看来，她并没有设法那样做。对，我要承认，她根本没骗过我——是我自己骗了自己，和她无关。

"可能是她灿烂的笑脸，女孩子咯咯的笑声，还有她微红的卷发骗了我吧。无论是什么，她的一切都让我发疯。很明显，她并没有意识到我的存在，于是，我决定用一个男孩子的方式让她感觉到我。

"一开始，为了引起她的注意，我精心地打扮自己。一个星期天下午，我借了一条白色长裤，配上漂亮的腰带。为了让裤腿够长，我不得不把它放下来。我还用两条深颜色的领带从同学那儿换了一条鲜艳的黄红相间带斜纹的领带。下午的大部分时间里，我就是这身引人注目的装扮，在女生寝室对面走来走去，希望她会注意到我。到星期一时我才知道，她周末是在得梅因市度过的。

"接着，我试着学习音乐，希望借此赢得她的芳心。我从芝加哥一家邮购机构订购了那儿最便宜的乐器和一本自学手册。她每周有3次在去健身房的路上一定会经过我窗前，这样，每次她经过时，我都会不管刮风下雨，满怀希望地站在敞开的窗前，演奏最高亢、最甜美的乐曲。可很显然，她的听力有问题。

"那年冬天，她对班上的一个篮球明星很感兴趣。因此，我决定在春天到来时和那个球星比试一下，也许最后佛罗伦斯会注意到我。我改掉了偷偷吸烟的习惯，开始进行环城跑步训练。我去吃饭、上课和做礼拜都是跑步往返。如果运动能赢得她的注意，我本应早就成功了。后来我们的一次相遇是在一个晴朗的下午，当时，她正在室外上植物学课。

"我匆匆地穿上了运动服，围着上课的同学开始狂奔，直到那个不知趣的指导老师命令我去别的地方收拾草地我才肯罢休。

"也许这不完全是偶然，20年后，我在内布拉斯加州遇到了佛罗伦斯，我很失望地看到当年那个迷人的女孩现在已是中年发福了，但还是同样的笑容，同样的嘲笑，同样的一头微红的卷发。

"我们谈起各自的家庭，也笑着谈起过去那些在学校里准备功课的时光。她至今还记得我如何在植物学课上围着班上所有同学狂奔的事，她说当时她对指导老师谴责我感到非常愤怒。提到这些，一丝尴尬的绯红爬上了我这个中年人安详的面庞，当时我没留胡须，无法掩饰这一切。

"她其实留意到了我青春期的怪异举动，但那时我好像还没有给她留下什么印象。为什么呢？现在我可以坦然地问她了，当时我真的问了，轮到她脸红了。

"她说，我似乎从来没有注意她，所以结果可想而知。我从来没有注意她！怎么会呢，我那么关注她，甚至还为她做下了荒唐事。可我却一直在犯傻，努力去吸引别人而忽略了她。我向她问好时总是越过她头顶向别处看；每当她看着我，我也总是害羞地看向一边，那时候，我的举止那么自然，好像看不出丝毫的羞怯。她还以为我从不在意她呢！"

年轻的莱尔德做出过一些多少算是古怪的积极之举，但更多的是，被动和害羞使他失去了机会，他也忘了主动开口争取其实是最简单的。

在寻求美满爱情的过程中，从彼此试探到订婚、结婚总有说不完的烦恼甚至导致悲剧的发生。实际上，态度才是主要原因。

研究一下恋爱和婚姻档案，我们可以清晰地发现，消极心态就是炸药，它会让一个人获得幸福爱情的时机化作云烟。在研究中，通过访谈恋人、已婚者、婚姻咨询师、离婚案件律师，我们都得到了同样明确的结论：无论男女，最有可能获得美满爱情的人都是那些有意无意地运用了积极态度的人。

"努力寻找，抓到什么就是什么"的婚姻恋爱观是美国离婚率居高不下的罪魁祸首。

从根本上说，消极的女孩可能很可爱，但她退缩在消极的树阴下，等待着银盔亮甲的骑士意外地看到她，发现她还没有伴侣并最终爱上她；或者她在一个积极女孩挑剩下的男孩子的陪伴下沿着长廊缓缓而行。这个男孩很可能也是一个听天由命的消极者。

积极的女孩是那种能够有所准备地在富产雏鸡的地方巡猎的人。她特意留在这儿，专心致志地默默努力寻找，眼睛里随时都会闪现出胜利的光芒。可她消极的姐妹，只会呆守在周边地区，最后心满意足地猎到一只老乌鸦，而绝不会是一只漂亮的猎鸟。

有很多谈话节目和大量文学作品谈到男人这种雄性食肉动物，他们常常漫不经心、温顺老实和到处游荡，不善于表达自己倾心于某个女孩子的想法，但真的要他们去落实婚姻问题，他们决不会含糊其辞。问一下你身边的已婚女性，他们的丈夫是怎样求婚的。她们会说，一定要当心男人们躲躲闪闪地不想说。尽管他们的经历也许给不了你太多启示，但他们都明白，多数情况下，他们必须策略地采取行动。

积极的人一定是那种会在感情的化学反应大爆炸——爱情——来到之前客观地寻求和选择的人。消极的人常常会伪装起来，似乎所有这些根本不值得一做，但他们往往最有可能第一个在离婚法庭的头痛中警醒，或者，成为一个在生活中麻烦不断的不幸的人。

我们一直在空谈科学的时代和它所创造的奇迹。我们享受了电冰箱、汽车旅行、搪瓷、自动烤箱、电视等等发明，但却无情地在这种发展中忽视了积极客观、科学智慧地获得成功婚姻的方法。

也许有一天，为了避免上百万的已婚者和上百万伴有情感缺陷的儿童遭受精神上的痛苦，为了避免消极者们愚蠢的行为给无辜者带来伤害，我们有充分的理由要求颁布全国性的相关法规。

可为什么要等到婚姻问题成为全国性的问题时才去解决呢？

几乎任何生活态度积极的夫妇只要稍微做出一点努力就可以避免婚姻破裂，确保自己的婚姻成功和稳定。

为什么这么说呢？

保罗·波普诺来自洛杉矶，是一位博学的理学博士。他除了担任《遗传杂志》编辑外，还是美国社会卫生协会执行秘书、人类改良基金会秘书，在政府里也担任过各种要职。多年来，他一直在从事美国家庭关系方面的研究工作。数以千计的年轻人来到他的研究所，希望学会积极而智慧地处理自己的婚姻问题。数以千计在婚姻的地狱中挣扎的老年人也曾来到这里请教摆脱困境的办法。

我们来看一下一对年轻夫妇对幸福婚姻所采取的积极行动。他们来到接待室。女性顾问负责接待年轻的女性，男子则由男性顾问负责接待。恋爱的时候，二人可能都曾想尽办法向对方表现自己最优秀的一面。咨询顾问会私下里向他们提问，而提问的方式也将影响到他们的回答。

年轻女性首先讲述了她的个人经历和家族史。之后，她和咨询师一起讨论了许多可能发生的问题。接着，她做了一个确定情感成熟度以及各种其他因素的性格测试，这些都将直接影响到未来的婚姻。最后，她做了身体检查预约，第一次讨论就此结束。那名年轻男子也进行了同样的程序。整个过程花去了约一个小时的时间——比选一只狗、买一台洗衣机、汽车或其他商品的时间长一点点。

几天后，他们再次来到研究所，考虑到二人身体检查的结果，咨询师把二人分开以进一步讨论可能出现的思想问题。测试结果也要进一步分析。年轻夫妇得到了性和谐方面的小册子，并与顾问讨论了在性关系方面可能出现的问题。对于夫妇俩未来的收入、家庭预算和财务方面的具体问题也一一进行了探讨。波普诺博士的专业咨询团队不过是根据广义上的研究结果进行简单的询问，和年轻人讨论，帮助他们面对事实。这一切听起来是不是相当沉闷呢？所有这些工作到底有什么神秘之处呢？

毫无奇特之处。这只不过是积极对待婚姻罢了。而消极对待的话就会忽略这一切。咨询服务的成效令人吃惊，经过这样积极计划的婚姻几乎不可能走向破裂。

美国家庭关系研究所坐落在洛杉矶县，此前那里的离婚率大约是百分之五十，但在咨询开始后的8个月的时间里，所有参与调查的夫妇还没有一例离婚。随着时间的流逝，开始有一些离婚案件——但也为数极少。这说明咨询的成功率非常高。

积极的年轻人遵循这种方法来减小婚姻最后走向失败的可能，因为他们不想拿生命中最美好的年华去赌博，也不想陷入婚姻的死胡同让孩子作为无辜的第三方受苦。

类似的组织在全国各地都有，这一方法也适用于所有的人。现在，越来越多的牧师在他们所在的教区也建立起了类似的组织。近年来，数百所学校应积极的青年人的要求开设讲座探讨性格和婚姻问题。很显然，解决离婚问题最有效的办法莫过于直接面对它。

不管满意的爱情生活的重要性如何，25年前有关不幸婚姻的研究就已经开始了。在过去的10年中，专业人士进行的真正意义上的科学研究不断取得了显著进展，通过这些研究，积极和消极两种态度的重要性显而易见。

来自斯坦福大学的刘易斯·T.特曼博士和他的助手们作出了许多非常突出的贡献。他们研究了1500名已婚者。在糟糕妻子和差劲丈夫身上出现的各种行为中，消极态度需要得到马上纠正。在一份简明研究报告中，最令人担忧的行为最先列出来，其他行为根据它对婚姻干扰的程度依次排列。

糟糕的妻子	差劲的丈夫
唠叨；	自私，不体贴；
不温柔；	事业上一事无成；
自私，不体贴；	不诚实；
抱怨；	抱怨；
干涉别人的个人爱好；	不表达爱慕；
形象邋遢；	有事不商量；
性情急躁；	对孩子苛刻；
管教孩子无方；	易怒；
狂妄自大；	对孩子没有兴趣；
不真诚；	对家庭没有兴趣；
感情容易受到伤害；	粗鲁；
指责丈夫；	缺少抱负；
心胸狭窄；	神经质，没有耐心；
忽视子女；	指责年龄小的妻子。
糟糕的家庭主妇。	

以下测试是为了解妻子和丈夫在婚姻状态方面是消极还是

积极的态度而特别设计的。不要过于宽容，只用中听的回答安慰自己。请记住，完美往往会受到很多小事的破坏，在破坏家庭关系和谐方面，小事比大事更具有杀伤力。

你是否是一个完美的妻子？

是 否

1. 你的所作所为是否让你的丈夫感到自信，让他觉得自己作为一个男人非常成功，能嫁给他你感到无比幸福？ □ □

2. 你是否清楚地了解自己的家庭经济状况，能够务实地处理家庭支出和储蓄？ □ □

3. 你是否是一个好的家庭伴侣：开朗守时，在微不足道的小事上不唠叨不抱怨，自己能处理好的就不会去打扰丈夫？ □ □

4. 你是否从不或很少批评丈夫？ □ □

5. 你是否能让所有亲戚不给丈夫添麻烦，并拒绝他们过分干涉你的家事和其他私事，并礼貌、周到地对待他的亲属？ □ □

6. 即便他不愿经常把你一个人留在家里，你是否经常鼓励他去参加俱乐部和"男性"的一些活动，让他觉得他随时都可以和男性朋友在一起？ □ □

7. 你是否认识到，多数丈夫在工作中是默默无闻的，但同时也面临着非常激烈的竞争，你努力让家成为一个充满吸引力的、快乐舒适的避难所了吗，那样，丈夫就能够在这里得到休息和放松？ □ □

8. 你是否能保持在家里和在外参加活动时一样，尽可能穿戴整洁，完美无瑕，魅力十足，让你的丈夫以你为自豪？ □ □

9. 对丈夫的事业，你是否很有见地地给予关注，都他出谋划策，减轻压力，而从来不会乱发表意见或像同事那样批评他？ □ □

10. 你是否培养了对他的朋友和娱乐的兴趣，这样，在业余生活中，你同样是他理想的伴侣？ □ □

11. 你是否参加教会工作、俱乐部、家长－教师协会、田园俱乐部或其他个人爱好的组织、团体，这会让你在社会生活中获得一席之地，同时又不会忽略家庭、子女或丈夫？ □ □

12. 你是否在各方面都尽可能无私地合作，促进家庭群体利益的最佳发展？ □ □

13. 你是否努力成为一位胜任的母亲？ □ □

14. 你是本能地还是通过咨询医师和阅读的方式使自己成为一个好的性伴侣的？ □ □

15. 你相信自己是一个优秀的女主人吗，不管客人们受不受欢迎，都感觉很放松？ □ □

16. 即使你丈夫把烟灰撒了一地或者到处乱扔文件，他是否可以随便使用家里的任意一个房间？ □ □

17. 即便你讨厌做家务劳动，你能做一个令人满意的好厨师吗？ □ □

18. 你是否尽量避免成为一个专横、占有欲极强的妻子？ □ □

19. 当你的丈夫疲惫而沮丧地回到家时，你是否
    能亲切地接受他，给他宣泄情感的空间，让
    他感到自己有爱、有人安慰、拥有自我并且
    有一个珍贵的值得为之奋斗的避风港？ ☐ ☐

20. 你很少抱怨还是从不抱怨？ ☐ ☐

完美的妻子能回答上述20个问题中的每一道题，所有
这类问题潜在的答案都应该是肯定的。如果一个妻子12个
问题都回答了"是"，她很可能就已经拥有了自己的丈夫，
但还需要其他问题来印证答案的准确性。明智的妻子会仔
细考虑每一个否定答案，制定和执行计划，变否定回答为
肯定回答。

你是否是一个完美的丈夫？

是 否

1. 你从来不会在子女或他人面前批评你的妻子，
   在私下里也从来都不或者很少批评她？ ☐ ☐

2. 就算妻子不开口向你要零用钱你也能定期给
   她？ ☐ ☐

3. 你每天都会认真地说爱她吗？ ☐ ☐

4. 你尽到了管理孩子的那一半责任吗？在这方面
   你和你的妻子立场一致吗？ ☐ ☐

5. 你是否会像对待自己的亲戚一样悉心而礼貌地
   对待她的亲属？你是否会阻止你的亲戚不适
   当地介入你的家务事？ ☐ ☐

6. 在庆祝周年或纪念活动中，你会出乎意料地或
   偶尔送给妻子鲜花或其他礼物吗？ ☐ ☐

7. 你对她的精神生活、俱乐部及业余爱好和各种团体活动感兴趣吗？ □ □

8. 你是否理解做饭、做清洁和照顾孩子等工作十分纷杂劳累，知识型女性不一定感兴趣？ □ □

9. 你能悉心地体察到妻子在管理家庭和膳食等方面的魅力——慷慨地赞美她吗？ □ □

10. 在参加社交活动时你能否携妻子一同前往？ □ □

11. 作为东道主或在别人家做客时你能否留意你的妻子，赞美她，关注她？ □ □

12. 你在女性心理方面的知识是否能保证你理解妻子的情绪变化和心理需求，而不会感到困惑？ □ □

13. 你是否承认你妻子是一个平等独立的个体，而不是想当然地把她看成一个伴侣－母亲－管家婆？ □ □

14. 你的收入能满足养家糊口的需要吗？不只是现在，你有保险和储蓄的计划来确保家庭长远的经济安全吗？ □ □

15. 你能理智地体贴和理解她，做一个完全满意的性伴侣吗？ □ □

16. 你能把妻子当作一个处理家庭事务上的成年伙伴，和她一起讨论你在商业和金融上的事务吗？ □ □

17. 无论在家里或是在外面，你乐意陪伴在妻子和孩子身边吗？ □ □

18. 你会注意把自己收拾得干净整洁，让你妻子为"她的男人"而骄傲吗？ □ □

19. 你是一个讲义气、重礼节的人吗？　☐ ☐
20. 你是一个乐观开朗、珍视友谊的人吗？　☐ ☐

一个好丈夫会毫不犹豫地都回答"是"。回答了12个"是"的丈夫测验及格，但他还应该谨慎地研究自己为什么回答了"否"，然后，积极行动起来，可以变否定为肯定。

家庭关系出现问题的人们最好首先认真反思一下自己的态度，然后再研究一下伴侣的态度，确定自己消极的地方，也许它就是破坏二人幸福、制造麻烦的元凶。也许，这些正在经受痛苦的人们应该要求彼此在强调优点的基础上用这份测试来相互评估一下。毕竟在很多时候，我们过于相信自己，也高估了自己的理想人格。

处理离婚案的律师和婚姻咨询师们不断地面对各种婚姻问题，他们发现，很明显，这类问题完全是由当事者一方或者双方的消极所导致的。令他们吃惊的是，许多人甚至还没有意识到其中的真正原因。也正是因为缺少这种基本认识，身陷婚姻困境的人们在进入法律程序之前，如果还想做一些努力来挽救濒临破碎的家庭的话，一定要先到家庭医生或者称职的婚姻咨询师那里寻求帮助。

第9章

肯定自己 ▶▶

The **Power** of
Positive Living

积 极 生 活 的 力 量
幸 福 生 活 需 要 的 日 常 心 理 学

你可能已经赢得了一定的社会认可和美满的爱情，却仍然感到不满意，因为你非常需要肯定自我。无论你承认不承认，你非常渴望做一个伟大的人！或许你也知道，美国总统亚伯拉罕·林肯意识到了这一点，他在平生第一次演讲中就对萨格曼郡选民们说："我没有其他什么大野心，我只想要我的男同胞真正地爱戴我。"

弗朗西斯·培根爵士也认识到了这一点，他说："当一个人爱上了自己，这将是终身浪漫的开始。"因此，我们最好能明白，肯定自我的需要常常会受到自卑和自我意识的破坏，最佳的解决方法就是积极地行动起来，建立强大的自尊。

拿破仑用军队来证明他的个人价值。埃米尔·路德维希告诉我们，这个小个子下士在流亡地圣·海伦娜岛上临终前说："我真希望鲍尔先生能知道我已经获得了成功。"由此来看，你能想象得到，拿破仑临死前依然渴望别人的肯定。如果那个普通的数学老师能相信他全世界闻名，他的这种渴望或许不会那么强烈。当年，布莱尼陆军军官学校这名教师曾经看不起拿破仑，而波拿巴一直对此耿耿于怀。

渴望足够的自尊不是伟大的人和接近伟大的人的特权，虽然毫无疑问的是，他们是更加积极地为争取自尊而斗争的人。在每个人的生活中，渴望尊严的火焰或者微弱如豆或者烈焰漫卷，但不管一个人的社会地位卑微还是高贵，这是每个人心中的渴求。孩子们夸海口说家里有大房子，自己的父亲比别人的父亲更强壮或更富有——实际上，他们是在试图建立自尊。他的父亲可能不顾有限的财力，开着一部宽敞的汽车，费心地求得吉祥数字车牌号，目的也是在提高自身价值。而他的妻子很可能试图在琐事上表现得比邻居更有面子。

甚至那些害羞的和非常谦虚的人也会用自我优越感来肯定自己。和其他人可能为了"变得非常重要"满足虚荣心不同，这些人不会屈尊去做那些事情。但在获得尊重的问题上，事情不论大小，无论个人还是国家，都想要满足其"做伟人"的欲望。可是，除非决定并采取直接的行动，否则光有渴望是毫无意义的。

那些努力活得谦卑和无私的人常常因为某种消极因素遭受挫折，不管他们的动机如何。为了阐明这一点，奥伦·阿诺德，一位杰出的作家和咨询师给大家举了一个例子。

"一天下午，我去拜访一个朋友。他15岁的正上中学的女儿朱迪一阵风似的走进来，郑重地告诉我们，她刚刚当选所在二年级的一个重要职位。"

"到底怎么回事？"她的父亲问道。

"就那样呗，"朱迪露出顽皮的笑容。"我有7个竞争对手。还有啊，爸爸，他们在发言时说了很多废话！他们做的太过火了。"

"她吹着口哨走开了。我感到，朱迪在生活中一定会取得更多成就，她的这次经历对她来说可能是最好的一课，而且，来得也正是时候。那天晚上，我拜访了那所学校的校长，我了解到，朱迪得到的选票比其他7个对手的总和还要多。那些同学在什么事上做过头了呢？"

"他们表现得过分谦虚，不知道是真的还是假的。"校长回答我，"这个工作对朱迪来说，并不比任何其他女孩男孩更有优势，除了一种无价的品质——激情。凭借那种激情，她放下架子，出尽了风头，她希望得到那个职位，然后就说出来了。她发言踊跃，又十分巧妙，告诉大家如果她当选可以为班级做些什么。总之，她压倒了所有其他强有力的对手，他们几乎在不知不觉中就举手投降了。当他们意识到这一点的时候，朱迪已经巧妙地成为闪光灯下的焦点人物了。"

这里，我们看到了8个活生生的年轻的自我，每一个都企图赢得自尊。积极的朱迪最后征服了另外7个消极的对手。

朱迪是积极的，她知道自己想要什么并且开口争取它，她采取了积极的步骤，还主动承诺将来她会如何积极行动。她是$1/8$。根据著名人类学家厄内斯特·A.胡顿的估计，大约每4名普通男性中就有一人自我意识太强，他们总是静静地考虑自我；每5人中就有一个人害羞而内向；而每4人中只有1人天生善于交际和充满自信。

由于不同研究中所涉及到的各种情感因素不同，上述数据也会有所不同，但研究结果都一致揭示出，那些积极的人正是可以在人生中得到丰厚回报的人。

经过多年的调查和研究，教授哈利·W.赫普纳在报告中指出，通过对男女大学生各500名的分析，结果显示，每5名学生中就有1人在控制自卑心理上存在困难。

斯迈利·布兰顿博士经过对大量高校学生进行调查后说，$3/4$的大学生有无能感、不安全感或自卑感。

美国明尼苏达州大学的安妮·F.范拉逊和海伦·罗思·赫兹在对2342份学生问卷调查后认为，只有10%的学生认为他们的个性是均衡的，不会成为他们未来成功的障碍。这些学生中，902人不满意自身性格中存在的自卑心理。

那么请问：自卑心理是怎样渗透到我们性格中来的呢？这是范拉逊小姐和赫兹小姐的研究报告《心理卫生》中的一些发现，其中写道：

你有哥哥或者姐姐吗？如果你有一个兄弟，你可能自卑。如果你有姐姐，你可能有优越感。

请问你是家庭中最年轻的成员吗？如果是的话，你很容易自卑。而家中"最大的孩子"自卑情绪相对较低。

你是来自城镇还是大城市？小城镇的男生和女生比大城镇的学生更容易自卑。和那些来自大城市的学生相比，来自少于1万以下人口的城镇的学生更容易自卑。

你父亲的职业是什么呢？职业的社会地位和经济地位越低，你就越容易感到自卑。

虽然这项研究完全基于大学生，但他们所代表的是不同社会背景下一个相对广泛的横截面。顺便说一句，感到自卑的学生比那些没有自卑感的同学每周较少时间用在娱乐上。另外，较少结识新朋友的学生通常感到自卑，但那些在大学里结交了25个或者更多朋友的同学不会对自己的麻烦或对遭受到的尴尬耿耿于怀。

科学家、心理学家、神经病学医生向我们保证说，来到这个世界之初，我们都是积极的人——赤裸裸的，没有任何情感上的自卑。我们为何会变得自卑呢？因为那是"忘却"以往生活方式所迈出的第一步。这种摇摆不定的情感通常是在我们早期生活中由父母和其他家庭成员，或者通过自身的经历，或者由教师和牧师们灌输给我们的。

纽约河畔教会特聘心理学家玛利亚·布里克夫人在研究中发现，在工作中，一些教师和传教士影响我们的迹象依然存在。布里克夫人参与了对两个神学院的学生主体进行的罗尔沙赫氏人格测验。布里克夫人的报告中说："有证据表明，大部分神学学生在社会交往中有障碍。"同时还表明，在大多数情况下，最为普遍的模式是"缺乏或无力控制情感生活"、"有强烈的冲动倾向"、"害怕权威和无能感"、"极度焦虑"。

在对教师群体进行测试时，他们同样表现出这种普遍存在的情况。化学家、药剂师和工程师群体并没有表现出这种权力渴望。这种渴望在基督教广大教职人员和教师身上非常明显。

大多数社区的教职人员和教育工作者人格良好，也受过良好的教育，可我们不能基于类似的报告就仓促地下结论。但在许多社区，教师和牧师确实是高度情绪化的个性上的失败者，他们不能容忍任何人对他们的话语或动机有所质疑，显然，他们的消极态度很可能影响到大众的生活。

在家庭中，父母往往用消极的命令和尖刻的话语批评孩子，告诉他们不要这样做不要那样做，并不假思索地提出批评，以至于把他们幼小的自尊击成了碎片。正确的做法是给予他们以赞誉、认可和积极的指导。

针对6～10岁儿童我进行了一次调查，其中有一个问题需要私下回答，"你最不希望你父亲做的是什么？"调查结果令人震惊，长辈们失信、欺骗、大声讲话和其他不好的性格特征都暴露无遗。比如"爸爸总是说我傻"之类的语言让儿童情感上受到极大的打击，除非其母亲和其他人能够弥补父亲这种不经考虑的粗野言行。有一个孩子说："我很开心我爸爸教我做每一件事，不管怎么样，他都认为我是'了不起的人'。"试想，这样的孩子做起事情来是不是更有信心呢？

前美国哥伦比亚大学艾拉·S.怀恩博士，是一位行为和个性失常研究机构讲师，他曾讲到一个十分突出但绝非孤立的案例。在这个案例中，整个家庭都参与了对6岁大的克拉伦斯的迫害过程。家人把这个孩子带到了怀恩博士这里，因为他们认为他发育迟缓。这个孩子有4个兄弟姐妹，因为他不会读写，他们不但不耐心地教导他，还把他当成了嘲笑、辱骂和讥讽的对象，于是，可怜的小淘气开始相信兄弟姐妹们说的都是真的。

让怀恩博士简单扼要地给你讲这个故事吧。当他第一次看到克拉伦斯时，这个男孩"垂着头，眼睛不敢看人，反应迟钝，沉默寡言，对于新环境，他没有任何表示，也没有表现出一点好奇心"。

"当着克拉伦斯的面，他母亲说他蠢，不跟其他孩子玩耍，也很少在家中说话，她试图强迫这个男孩接近我，孩子却固执地反抗。可是，当我们要求孩子的妈妈留下他单独和我相处，允许他自愿地过来和我接近时，他慢慢地、满腹狐疑地接近我，最后，在我的帮助下，坐在了我的大腿上。"

"我尝试了许多温和的办法，后来他承认，他喜欢狗，我给了他一本关于狗的书。近乎友好又充满疑问的神情在他的眼中闪烁了一下，继而又消失了。但不一会儿当人们告诉他母亲他是一个健康的孩子时，他的目光又变得游移不定起来。之后的两个星期里，他变成了一个健谈、活泼和开朗的孩子。"

测试显示，克拉伦斯有着超人的智力而不是兄弟们所说的傻瓜。男童非常健康，但这个家庭仍需要精神科医师进一步的关注。两个星期后，克拉伦斯又变成了一个正常和快乐的孩子。

心理学家唐纳德·A.莱尔德认为，在很多案例中，问题出在教师或学校的课程设置上，并非出在那些自卑的年轻人身上。他引用以下的例子来说明这个观点：

"保罗是一个智力正常的16岁男孩，可他的功课很差，显得很孤独。一个富有的家庭收养了他，不光给了他优越的物质环境，也很喜欢他。上中学时，家里想让他学习一般课程，而保罗只对店铺管理和那些实用课程感兴趣。他只要一上不感兴趣的课程，就会表现得很糟糕，因此，他感到非常自卑。

"精神科医生创造了一个奇迹。做法很简单，让他的养父母允许他选择自己感兴趣的店铺管理课程。于是，他表现得非常优秀，并且很快就赢得了自信。这种自信发自内心。

"自卑感的产生就是如此简单。在发展初期它很容易被治愈。一旦变得根深蒂固，随着时间的流逝真正的原因被隐藏起来后，治疗起来就更加困难了。"

路易斯·E. 比希奇博士列举了一个有趣的例子。在这个例子中，他挖出了埋藏已久的自卑情感的诱因，最终治愈了一个严重的神经官能症患者。虽然这种个案需要专业人士的心理分析，比希奇博士还是认为，在大多数情况下，自我意识可以为受害者本人所征服。他给我们讲述了小玛丽的故事。

玛丽是个23岁的女孩，她拥有人们希望拥有的一切东西——健康、智慧、美丽、财富、社会地位、风度、艺术修养和打扮自己的能力，但她缺少获得幸福至关重要的品质之一——社交。对她来说，其他人几乎都不存在。她是我见过的最可怜的女孩。

"当我应邀走出来，"她几乎是在歇斯底里地大叫，"一发现自己身在社交聚会场所，就非常怯场。离可怕的聚会还有很久的时候，我一想到它，就开始感到喉咙干涩、疼痛。所以，现在我拒绝一切邀请。我最难忍受的就是会见陌生人，那是一种折磨。最近，我一直在观察自己的眼睛，它们看起来很奇怪。博士，你觉得我会疯吗？"

在最后的充满恐惧的道白中，玛丽崩溃了，像个孩子一样哭泣着。正如许多其他案例一样，在她身上，自我意识的发生没能得到控制并发展成了其他症状。现在，她已经患上了严重的神经官能症。如果这种自我意识能及时给予引导，多年来的痛苦是可以避免的。

虽然症状比较明显，但玛丽的案例并不典型。首先，有一个事实我们可以注意到，她认为自我意识并不是根本原因；第二，从这个立场出发，如同所有其他人一样，自我意识的发生是基于她无意识地怀疑别人知道她故意隐瞒什么的想法。

"玛丽小姐认为，她的自我意识完全是因为她的母亲。自童年时代起，母亲就过分挑剔她的穿着、举止行为、俚语的使用、男女同伴的选择，等等。母亲会说：'你不想长大了做一个贵夫人吗？'或者说：'注意你的步态，我的孩子，不要给人造成不好的印象。'"

"这些都是在病人的自我意识的发展中不可否认的因素。另一方面，他们只是起到了促进作用。如果小玛丽尚未准备好自我意识，可以这么说，她母亲的警告就毫无作用了。"正如俗语所说，"水过无痕。"但适合幼苗萌发的土壤是事先规定好了的。这样，玛丽就变成了现在的样子。

"我们知道我们要告诉孩子什么——我们努力教导他们的是什么，但是我们不知道他们是如何在自己内心阐释这些信息的。

"具体地说，这是出于对某些无意识的性行为的想法和做法的担心，玛丽所做的是正常的——当然了，这非常无辜，她当时还是个孩子。但这给她造成了羞耻感。

"她可能认为：'即使父母没有发现我的罪过，但我知道我不能欺骗上帝。'

"她会照着镜子检查自己的表情是否会泄密，尤其是眼睛。她相信，如果人们发现了真相，人们就会躲避她，她也就沦为了一个社会的弃儿。

"随着时间的流逝，玛丽忘记了所有这些童年的磨难。17年里，她一直从事体育运动，而隐藏的性行为也被克服了。

"但羞愧的元素仍然持续着。她已经成功地把它从有意识层面压抑到了无意识层面中。她忘记了这一切。无论如何，她从不怀疑自己对于童年行为的反应是她自我意识的根本原因，因为毕竟这种习惯在很多年前就已经克服了，事实上，她一直有意识地使自己忘记童年的这种羞耻，试图把它留在更深的无意识的地方，希望它不再出现。

"另一方面，无意识地想摆脱自身耻辱的阴影，使它产生了自我意识的症状。实际上，这种症状本身代表了无意识的自救，因此，它变成了一种心理上的吁求。

"当玛丽意识到问题的根源后，她的自我意识就很容易被克服。现在，她已经认识到，隐秘的性念头和性习惯在儿童的发育过程中是完全正常的。从一个成年人的角度来看这个问题，她意识到担心自己会给别人留下坏印象的想法是非常愚蠢的。她完全治愈了。很快，在社交场上她成了一个举止得体、能歌善舞的快乐女孩，第二年，她订了婚，开始准备婚礼了。"

比希奇博士认为，虽然并非所有自我意识的病例都与玛丽的情况一样，但很可能大部分是这一病例的一种或另一种变体形式。他建议有自我意识的人应该查找导致这种情感上低落的深层次原因。他敦促说，我们应该无所畏惧地去探究童年期的心理问题，以便早发现这些问题并及时根治。

在大多数情况下，一旦问题的根源被揭示出来，治愈病人就成为一个相对比较简单的过程。这种努力的成果是非常令人欣慰的。"一切真正的优越感都是从自卑感发展而来的。"亨利·C. 林克博士是一位我们熟知的知名心理学家，他说，"承认自己具有自卑心理并努力克服它的人才会有优越感。"比希奇博士向我们保证说，自卑心理的不良影响是可以克服的，他还鼓励大家说，自我意识也是一个人拥有良好品质的一种补充，而且只有高度自觉的人才会拥有它。

让我们停下脚步观赏一下巡游队伍经过我们面前时的场面吧。队伍里的人都曾经因为过分害羞、强烈的自我意识和自卑感无法正常工作和生活。看吧，这里有海伦·海斯，凯瑟琳·康奈尔，塔卢拉·赫班海德，科尼莉亚·欧提斯·斯金纳，雷蒙德·马赛，艾尔·卓尔森，弗雷德·艾伦以及其他名人的身影。在帝王方阵中，英王乔治、维多利亚女王和大公爵夫人玛丽位列其中。华尔街方阵中以小亨利·摩根为代表，而美国总统方阵以卡尔·文利奇为代表。这支游行队伍差不多是没有尽头的。但是，那个白胡子的家伙一定是乔治·萧伯纳吧，他几乎是那个时代中脸皮最厚、最善于搞恶作剧的人，他和这个私密大游行有什么关系吗？让他用自己拜访伦敦泰晤士银行的朋友时说过的话来道出真相吧：

"我深受害羞的折磨，有时甚至会花20分钟或更长时间在马路边走来走去，才壮起胆子去敲别人的房门。事实上，逃跑最容易不过了，我本来可以什么都不干，回家一个人自问一下，这么折磨自己有用吗？但是，我本能地知道，世上任何人真想有所作为的话，就绝不能逃避。很少有人年轻时像我这么深切地受到羞怯的困扰，或者像我这么耻于提到这些经历。"

在这里我们看到，消极态度和积极态度之间就像在玩一场拔河比赛——消极态度会催促一个人用最容易的方式后退，直到把他的一生都彻底毁了；积极态度则会朝着精神自由的方向往回拉。这是一场艰苦的斗争。最后，萧伯纳发现了戴尔·卡耐基所说的"最好的、最快捷的也是最可靠的征服胆怯和恐惧的方式"。他参加了一个辩论社团，学会了在公开场合发言。

头几次他站起来发言的时候，双膝发抖，面部肌肉抽搐，喉咙发干，紧张得没法阅读手中颤抖的笔记；没有笔记，他就记不清自己想要说什么。每次他总是在混乱和屈辱中中止讲演，回到自己的座位后，他觉得自己是自取其辱，但他下决心要征服这种害羞和自我意识，于是，他参加了伦敦举办的每一次会议，哪里有公开讨论，他都会出席并参加辩论。

直到26岁那年，萧伯纳的积极策略才为他赢得了信心，最终成为了20世纪最杰出的演说家和历史上最大胆自信的人之一——当然，他也是一个充分赢得了自尊的人。

如果你正在被自我怀疑、缺乏自信、胆怯、猜疑、自卑等这些消极的白蚁从内部慢慢啃食的话，你永远也无法获得真正意义上的自尊。心理专家能给你许多积极的要诀，帮你战胜这些内心的敌人，让你朝着自我肯定的方向前进。当然，立刻采纳所有建议是不现实的，合理选择你马上可以实施的方案，制定特殊的改进计划，然后从今天就开始执行。

1. 大胆地在记忆中搜索童年期的恐惧、羞愧和沮丧的事件，可能，你今天的心理障碍正是那些东西造成的。这不是在5分钟之内就可以完成的，也不是糖衣肠溶胶囊——灵丹妙药可以解决的事情。每天要留出几分钟的搜索时间，从你最早的记忆开始，一个小场景，或者冲突，或者与人接触都可能促使你洪水一般的记忆泛滥开来。也许你愿意试着为你的私人传记写下些提示性的笔记，那就赶快拿来一张纸和一支笔吧。

2. 加入讨论组或辩论社团。如果还没有的话，在你的朋友和熟人中组织一个。

3. 仔细地分析自己和自己从事的活动，确定自己什么方面做得最好，然后采取一些措施，把它做得更好，直到你成为这方面的专家；或者选择一些你相信你可以学会并能掌握到精通程度的活动，然后努力地学习，直到精通它。能够超出平均水平地做好一件事会使你获得那种精通、自信和自尊的感觉。

4. 环顾你周围的人，确定他们身上有哪些弱点，你会发现他们有那么多可能比你严重得多的缺陷、不足和不利条件，由此推算，你一定会有所成就。然后，多想一想你自己身上的长处，想一想怎样才能让你的这些优点更加突出。

5. 重新审视你的价值观。造成自卑的一个共同原因是由于你父母不断地给你灌输你无法实现的目标，他们希望你成为国家的总统、将军、一个知识渊博的人，或者其他职业的佼佼者。你的梦想可能超出了你的能力，或者你希望比任何人都更有成就。

6. 如果你的问题看上去很大，不可能找到解决的办法，那就不要想着征服群山，你可以从山脚下开始。把大问题分解成一个个你有能力应付的小问题。不要只盯着问题本身，要注重可能的解决方案并逐步实施。

7. 如果你为一些小事情所困扰，你要为此制定一个计划，然后去执行。比如你受到的教育不够，那就到图书馆去，也可以去上夜校，或者学习函授课程，这会填补你在这方面的空白。如果你没有朋友圈，或者圈子很小，就把内心的恐惧踢到窗外去吧，想办法结识更多的朋友。这就要看你自己的了。

8. 你是否认为自己是个自卑的人？为什么这样认为？你的朋友或熟悉的人有同样的感觉吗？他们曾被自己的感觉打败过吗？记住，感觉自卑和实际的自卑之间有很大的不同。人人身上都有缺点，但不要放大这些缺点。再说有缺点又能怎样呢？我们都会犯错。为什么要自己击败自己呢？

第10章

放弃对他人的敬畏和恐惧 ▶▶

The **Power** of Positive Living

积 极 生 活 的 力 量

幸 福 生 活 需 要 的 日 常 心 理 学

一个人如果试图培养强有力的人格就必须摆脱对他人的恐惧和敬畏之心。

你一定犯过错，也失败过！如果你能从中得到经验和教训，那些经历就能使你成为一个优秀的人。失败会让你在朋友圈中出类拔萃，因为没有一个有成就的人不曾跌倒过，失足过，而且不是一次，是很多次。然而，在社会的各个领域中，那些杰出的和成功的人都会积极面对问题，他们拒绝被性格中丑陋的一面所困扰，没有敬畏和恐惧他人的情绪，反而会让那些诽谤他们的人自取其辱。此外，虽然消极的人们总是吹毛求疵，但是，除非他们自曝丑事，否则很少能留下什么让人难忘的惊人之语。

是谁曾经认为上学时的沃尔特·斯科特爵士是个差等生？又是哪个老师曾因为作文得了最低分而训斥过亨德里克·易卜生，易卜生后来却成了那个时代最伟大的剧作家？你能说出那个尖刻评价托尔斯泰兄弟的教师的名字吗？当时他说："谢尔盖想做、也能做一些事情，蒂米特里是想做、但做不成什么事情，而利奥是既不想做、也做不成什么事情。"

如果说历史上那些消极的、只会挑剔别人的人有什么值得回忆的话，那也只是他们在积极的伟人们的丰碑上留下的一点痕迹。他们之所以能被人们记住，仅仅是因为他们触动了那些不平凡人的心灵，用消极激励了后者，让伟人们变得更积极起来。

你一定犯过错误！误用洗手的碗喝水的时候，你的脸红吗？记住，马克·吐温说过一句被人称道的名言——"人是唯一会脸红的动物或者说需要脸红的动物"。想一想那么多名人也有脸红的时候，你肯定会感到安慰的。

玛杰里·威尔逊著有《新礼仪》等作品，是纽约最优雅和最知书达理的女性之一。但是，她承认自己也一样免不了偶尔会发生口误。有一次，她在一位上了年纪的人家里做客。晚宴的时候，主人提到不久他打算离开这里去看望住在弗吉尼亚州的母亲。

"我不知道怎么搞的，"威尔逊小姐说，"当我说完'什么！您母亲还健在？'后就连自己都感到非常震惊。"

男主人有点不知所措，过了好一会儿，他一脸轻松地说道："是的，我刚好比上帝的年纪大了那么一点点，这难道不是一个奇迹吗？"他笑了起来。"来吧，玛杰里，让我们为长辈——为我们的长辈，为我的长辈，为每一个人的长辈干杯！"

可以用切身经历作证的人不仅仅是几位宴会上的客人。在一个星期天，利物浦的约翰·D.克雷格医生正要前往圣坛布道，这时，一个新入伍士兵的妻子交给他一份声明，上面这样写道："蒂莫西·华西要去服役当水兵，他太太希望在布道时为他的安全祷告。"克雷格医生看过这封短信后，郑重地宣布："蒂莫西·华西要出海去看他的妻子了，他希望布道时为他的安全祷告。"

有时，这种令人面红耳赤的口误就发生在大规模的听众面前。电台播音员鲍勃·埃尔森面对着数百万的听众曾把一则"写得非常清晰，便于阅读"的"商业广告"给读错了。本·格奥尔则这样告诉电台听众："姑娘们，如果你在一个肮脏的工厂里卖力地工作，请在刮脸或者洗澡时使用'布兰克'牌洗发水。"雷蒙德·史温一向播音流利，在一次播音中他说："法案被空邮给总统签名，而总统正在佛罗里达海边垂钓。"提到总统，我们还会想到另一位女士。大选前几个月，她应邀来到白宫参加宴会。参加总统私人鸡尾酒会的人不多，她是嘉宾之一。对此，她感到非常紧张。届时，总统会亲手调好鸡尾酒送给每一位来宾。这位恐慌的女士穿过房间，从总统本人的手上接过了酒杯。当她拿起酒杯时，总统的脸上浮现出那份举世皆知的笑容，那一刻，她整个人都要崩溃了。她的手颤抖着，以至于鸡尾酒把总统陈列着各种物品的书桌溅得到处都是。

"真的很抱歉……"她说，"我只是太敬畏您了……"

像一个出色的酒吧服务员那样，总统亲自清理着桌面，轻松地对客人微笑着说道："我真希望某些我认识的共和党人见到我时也能这样。"

那时候，她意识到，总统毕竟是一个人，敬畏的感觉顿时消失了。

现在有一种趋势，人们一见到那些声名显赫的大人物时，就忘记了他们虽然有着伟大的一面——往往是不真实的——不仅是克隆娜家族夫人，还包括约翰·奥格雷迪和朱迪·奥格雷迪小姐和上校，但是，实际上他们都和常人没什么不同。见多识广的记者们有很好的理由让人们相信——你不需要畏惧任何人。

作为一个年轻的记者，我一直非常敬畏一位著名的银行家——留着一头高贵的银发。我前往他办公室例行采访时，足足花了15分钟才鼓足勇气走进去。我非常感激他能那么亲切地接待我。他给我讲了一件事，可我根本没有听懂。很快我就发现，他其实是众多喜欢哗众取宠的人之一。

几年来，作为一名记者，我看惯了大亨们不堪入目的形象，于是，我摆脱了心中不真实的敬畏。为什么不呢？我看到选举落败的参议员有一个泪流满面，另一个则是暴跳如雷。我看到威廉·詹宁斯·布莱恩嘴里塞满了食物，吃到再也吃不下，还打着惊人的饱嗝。我还看到国会议员们用火柴梗剔牙。我曾报道过有些好莱坞明星酗酒成性、黯然离开舞台的故事。我还经历过某个很有地位的警司企图阻止对有关强盗子女的报道，某部长纵容某些新闻上头条，某社交女性热衷于拍照，自爆自编家世的故事——这些只不过是从太平间验尸官的冷藏柜里拖出来的耸人听闻的故事，或者是从政界和商界里传出来的试图欺骗公众、常常也欺骗后人的令人齿寒的故事而已。

下一次，如果你对某个人感到敬畏，就回想一下沃尔特·吉尔曼，一个国际记者的经历，看看他到底是怎样摆脱敬畏感的。在他还是一个不知名的记者时，被指派去采访前总统威廉·霍华德·塔夫脱。他心里非常害怕。主编知道这一点。

"我来教你怎么做，"聪明的主编说，"你见过你父亲穿着红色法兰绒内衣的形象吗？"吉尔曼的父亲非常喜欢灰色，而不是红色，记者点点头。"这并不让人感到害怕，对吗？"

的确如此。

总编继续说道，"你父亲和威廉·霍华德·塔夫脱看上去没什么两样——事实上，我觉得你父亲比他还要好些。你遇到塔夫脱时记住这一点。记住，在那套量身定做的西装底下，在威望和地位的背后，塔夫脱不过是一个常人。把他放在红色绒布内衣里——放在你心里——你就不会感到紧张了。"

这样，吉尔曼去见了威廉·霍华德·塔夫脱。"正像我预料的那样，我的双膝一直在发抖，我的喉咙发干。"吉尔曼回忆说，"威廉·霍华德·塔夫脱站在那儿，身上穿着红色法绒布内衣，我笑着看他的照片；他也笑着——尽管他并不知道我为什么发笑——就这样采访任务出色地完成了。"

此后，在吉尔曼眼中，他和来自世界各地的知名的和不知名的人都一样穿起了红色法兰绒内衣，而他已经永远不会再畏惧任何人了。

你在心中建立了敬畏他人之心，并觉得这是自己性格中的缺陷造成的，却忘记了所有人其实同样具有致命的弱点。其他人也有缺点，也有失败，很可能也有很多鲜为人知的丑事。许多年来，作为一名戏剧评论家和戏迷，除了查尔斯·拉各斯用他那无法模仿的方式插科打诨换来的笑声，我从来没有听过有人那么自然持久地放声大笑过。

拉各斯夫人一直努力在台上用她大名鼎鼎的长辈，以及全方位的社交热情来营建气氛。拉各斯不愿配合她，随口迸出了一句很简单的台词，让这个趾高气扬的女士震惊之余彻底气馁了："……别忘了给你那个印第安姑妈安妮留个座。"很明显，观众们会想，这里每个座位都可能是给一个叫安妮姑妈的人占的。

在好莱坞，有很多著名演员比爱德华·埃维雷·特霍顿薪酬更高、更出名，可即使在这些人中也有人敬畏他，因为爱德华在东部正统剧院里演出，而他们却一直局限于电影领域。反过来，有的舞台剧演员敬畏好莱坞的名人们，因为电影的拍摄对于他们来说十分陌生。

你可能听说过并且十分敬畏某个纽约职业人士，那是因为他的事业和社会关系的缘故。可是如果你看到这个人像喝水一样泡在马丁尼酒里，你的敬畏之情会马上消失。有时，他太太看起来很尊贵，承袭来的家族背景更是荣耀，可如果你看到她酒气熏天，一只手搭在她丈夫某个富商客户的肩膀上，你对她也就敬畏不起来了。

你可能暗暗觉得，一个人的优越性体现在银行账户的多少上。翻阅报纸社会版上那些有关这些所谓的排他性集团的各种活动的报道，你会觉得他们永远都是光芒四射的。可有一个事实你忽视了，这个群体中通常包括这片国土上最无能的一些人。你忘记或者忽略了，或者没有认识到，他们中许多人只会空洞和毫无创见地喋喋不休，无聊的程度甚至让自己落泪，他们非常害怕有人在交谈中提出新话题，因为那会让他们彻底发懵。

你会发现，在风光无限的背后，他们中有很多人笨得只玩红心、突袭和纸牌游戏，因为他们根本学不会打桥牌，也学不会流行的、人们业余时间里消遣的简单游戏。那么，既然人人都有致命的弱点，为什么你要敬畏别人呢？为什么要那样害怕别人"想什么"和"说什么"呢？

大多数情况下，一个人对别人不自信时，都是因为他反复在想"人们会怎么说我？"或者"人们会怎么想我？"当然，人们常会说些闲话，有时甚至很恶毒，但100次里有99次，"他们"都在忙着谈论他们自己，没空理会你和你可能做过什么或你没有做什么。

你总是怀疑"他们"谈论你什么事，这种模糊的内疚感和自卑心理很可能是你在童年时期经常受到家长和教师的训斥造成的，他们试图给你披上一件文明的外衣。那时，你对别人的批评很敏感，就这样，恐惧逐渐地建立起来了，现在它依然在困扰着你。但是，如果你觉得别人正投入很多时间谈论你和你的事情，你应该牢记，你独有的自我意识在一定程度上夸大了别人对你关注的程度，你含糊的内疚感促使你认为别人的讨论永远对你不利，事实上，那些谈论说不准就是对你的赞赏。

这些感觉挥之不去，容易让我们敬畏他人。这种情绪往往可以追溯到过去某些强烈的失败感。然而，谁说过你或我应该是完美的人？你认识的人中有完美的吗？你认识从没犯过错的人吗？著名的通用汽车公司研发主任C. F. 凯特灵说："一项研究充其量是99％的失败加上1％的成功，唯有这1％是我们想要的。"1906年，当爱迪生被问到无线电话发明的可能性的时候，他简短回答说，根本不可能。20年后，爱迪生再次犯了错，当时在生日聚会上，他在接受采访时坦率地说出了自己的想法，他认为应该放弃有声电影的实验。

你有权犯错误。但如果你有积极的态度，那些错误就会为你换来丰厚的回报。许多商人用一大笔钱换回来的是代价高昂的错误，但他们却有计划地培养了自己良好的平均成功率。哲学家拉尔夫·沃尔多·爱默生每存一笔钱准备旅游时，都会准备出一定数量可能"被强盗抢走"的钱。

当代最有影响力的牧师之一罗伊·A. 伯克哈特博士，一直没有忘记多年前从两次混乱的经历中得来的教训。这些经历在他后来的咨询工作中起了很大的作用。通过咨询，他帮助了许许多多的人避免了婚姻的不幸，修补了他们濒临破碎的生活。

第一次，因为他的一次错误的犯规输掉了一场势均力敌的足球赛。"我是打后卫的，"他回忆说，"我得到了球，过了几个人，马上就要触地得分了，接着我犯了规。一个对方队员在我们的得分线后扳平了比分。我感到非常不安和羞耻。当时我不想看到任何人。

"比赛结束后，我躲了起来。我没有和其他队员一起沿着街道往回走，我一个人穿行在胡同里。我远远地离开大家，深深地陷入自责中。

"这种状态持续了好几天，在训练中也体现了出来。最后教练找到我，用一只手托起我的下巴，狠狠地搂了我一拳，然后说：'现在我们来把这事儿弄清楚。宾夕法尼亚州所有后卫中，我还是看好你。犯规只能有一个用处——从中吸取经验教训，然后再重新回到赛场，拼命打好比赛！'

"这才是我们对待错误应该采取的态度。我们应该学会从中汲取一切有用的东西，然后把它们忘掉。"

"我们需要养成多朝好的方面思考的习惯——即便我们处于悲观或者是失败的境地，任何事情总有好的一面。"伯克哈特博士说，"一次去野营的途中，和我同行的几个年幼的孩子中有一个男孩死了。那是一次可怕的经历。对此我负有责任。认识到了自己的责任之后，我开始考虑立刻辞去教区牧师的工作。但是，当我和家长们见面的时候，他们原谅了我。我还为这个男孩主持了追悼仪式。

"尽管悲剧十分可怕，但我还是看到了其中非常可贵的东西。我和孩子父母的关系更加紧密了。不仅如此，他们还为在战争中失去孩子的家长做心理咨询。正因为被他们宽恕过，我也变得更加仁爱。

"悲剧有多么悲惨或者错误有多么严重实际上没有什么不同，如果我们坚持积极的思考和坚定的信仰，我们就会发现我们所追求的终极美好。"

从本质上看，你没有任何问题；如果你稍微训练一下自己，学会用积极的态度驱逐自我意识，你就可以摆脱对他人那种不安的敬畏和恐惧。的确，你不可能耸耸肩就摆脱了这种根深蒂固的生活态度。你不可能重塑你的社会背景，但是你应该认识到，你基本上是一个健全的人，同别人没有什么不同；你需要弄明白，那些把你的个性变得混乱不堪的担心是什么；这样，你才可以让过去的都过去，从今天开始，从自身中寻找自己最值得赞赏的一面。这样，你就可以放松地同他人在一起，真正实现积极生活的愿望。

这里有一些可以给你帮助的建议：

1. 冷静思考，要了解你缺乏自信和敬畏他人主要是自我强加的，是你自己想象出来的。

2. 记住，你很可能过高地估计了自己以至于让人畏惧。

3. 要相信，如果在生活中从不犯错误，你会完美得令人无法接受，大多数人恐怕要躲避你。感激那些错误吧，它们告诉了你什么不可以做，让你从各种经历中获得了各种能力。

4. 你不必成为一个超人。没有那样一种动物。你可能很有竞争力，与别人也相处得很好，但是，为什么一定要一鸣惊人呢？对你现有的进步感到满足吧。剩下的事情会逐渐地得到改善的。不要在精神上自己打败自己。

5. 做一个真实的自我。你不必赢得每一个人的关注，不必牺牲自己的个性，不必同意每一个人的看法，你也不必去打动每一个人。

6. 放松。让其他人为了寻求改变而努力打动你吧。如果你能放松自己，把兴趣点放在其他的男女身上，你就会分散对自己的注意力，从而获得放松的心态。如果其他人不能打动你，事实上常常是这样的，你也不要因为暂时的平静而责怪自己。

7. 适度地挑剔。下一次，当你开始畏惧某个人的时候，稍事休息，擦亮眼睛，仔细观察他；考虑一下是什么促使这位令人敬畏的先生或者太太做出了这些惊人的成就。稍微开动一下你的智慧，你就会明白，毫无疑问，他们为了打动你和其他人一直在努力工作。因此，宽容些，在这种无声的评价中获得信心。

8. 放松一点。故意给别人一个大显身手的机会。如果他没有做好，那么你努力争胜；假如你也失败了，不要责怪自己。如果你提前行动，你可能会因为把同伴抛在后面而感到后悔；但如果你努力和他在一起，可是他落后了，这是他自己的错。因为大部分的生活和谈话应该是基于双方各50%的基础上，如果你做了你应该做的，这是任何人都有权期待的，也应该是你对自己所期待的。

9. 尝试从你犯的每一个错误中汲取教训。那是成功者在生活中积累经验、树立自我的重要的教育方式。

10. 防止重蹈覆辙，并设法把犯错误的几率降到最低。如果你的态度是，认为自己战胜不了自己，所以觉得犯错误并不重要，那么，你就纯粹是在练习怎样成为一个失败者了。

11. 不让错误阻挡你前进的脚步。当你摔倒了，请站起来，尝试用一种不同的方式走路。不要对自己的错误耿耿于怀。把心思和精力放在争取成功上。

12. 你犯过错误或失败过吗？如果是不重要的错误，不妨一笑置之。如果可能的话，收拾起记忆的碎片，把它们拼凑到一起。如果做不到，那就保留经验，相信其他人也有失败，你可以从头再来。

13. 采取积极的态度，多在公众面前展示自己，你就会永远或者很少再畏惧别人了。

第11章

永远不要自欺欺人 ▶▶

The **Power** of
Positive Living

积 极 生 活 的 力 量
幸 福 生 活 需 要 的 日 常 心 理 学

如果你不当心，找借口的习惯就会把你变成一个消极的人，甚至会把你变得神经质或者精神上不正常的人。人类自我愚弄的本事几乎是无穷无尽的。一味消极地拒绝接受和面对事实，常常会使我们编造和运用各种各样的借口和辩解。这种做法一旦积习太深，我们就会迷失在自我欺骗的迷雾之中。

托辞分为两种。一种是诚实的和合理的托辞，另一种是不诚实的托辞。它是从现实中衍生出来的。如果你扭伤了手腕，并以此为借口不和俱乐部里的冠军比赛保龄球，这是诚实的托辞。可是如果你在手腕愈合之后仍然声称手部僵直疼痛，以避免比赛可能导致的失败，或者因为其他原因不想打保龄球，那你的托辞就是不合理的了。

如果你知道自己为什么要逃避，那么"我要做论文，今晚不能去看电影了"这样巧妙的借口可能是最得体而且也是行得通的欺骗了，最好不要直白地说："你和电影都让我烦透了。"但事实上，许多消极的人已经养成了编造圆滑借口的习惯，甚至在这些人心中，托辞可以起到现实性和合理性的作用。

我认识一个消极的、不善于自我调节的人，实际上，自我欺骗就是他的全部。他过得并不幸福。他除了仅有的一两个密友以外，多数是在经济上靠他施舍度日的人。可是，他自欺欺人地认为，这些人围在他左右是因为他个人的魅力。他给许多人施加影响来为自己的行为找借口。可能除了在自我欺骗方面的天分以外他也有过辉煌的事业。他继承了一份财产和一家著名的企业。他的经济地位允许他做做样子管理企业，也允许他寻找借口以掩盖不断的失败。他把财产交给信托机构管理，这样他就不至于一无所有，可他的所谓企业早已经蜕变成一个影子公司了，而他仍然装作自己是一个成功的总经理的样子。他让自己和一些人相信，公司的失利完全归因于副手的错误。要不是他非常忙(打高尔夫球，没完没了地讲话)，不得不依靠别人的话，他的管理就不会出问题。他的副手和竞争者们都了解他只是一个一味责备的人，但是他从没有想过这一点，因为在温和而消极的自我欺骗术上他做得堪称一绝。

托辞和借口是让我们麻木，让我们隐藏自己的缺点、失败和挫折之痛的良药。它让我们变得越来越远离理性。仔细研究一下 J. P. 摩根这个人你就会发现，他做一件事或者不做一件事不外乎两个原因：一是听起来合理，二是具有现实性。

随便看一下那些多少有点老套的谎言：

辩解：我横穿十字路口的时候，交通灯是绿色的。

实情：交通灯正在变色。你匆匆忙忙地想冒一次险。

辩解：一个人在公司必须有人关照才行，我没有人关照所以我没有得到升职的机会。

实情：事实上竞争根本没那么"激烈"，你忽略了大多数人的成功根本不靠关系这个事实。

辩解：我没有读多少好书。我想读，可是没有时间。

实情：你觉得那些书太枯燥，你更喜欢读推理小说，听广播，看电视。

辩解：诡异的发牌让我们上了三次当。

实情：你的错误很明显，五个黑桃叫得没有一点道理。

辩解：我不知道猎枪上了膛。

实情：你太粗心了，所以才犯了错，可你从内心不肯承认。

辩解：如果在我的公司里给那个笨亲戚谋一份差事，我就能保护他的利益。

实情：他根本干不了那个工作，可是你的亲戚们一直给你压力，要你帮忙。而且你也清楚，自己付给他的高薪都是股东和政府的钱，目的很清楚，这样你就可以不必再在经济上接济他了。

辩解：男人都是跟屁虫。我不一样，我比他们聪明，我有辨别力，所以不会和他们一起玩笑打闹，不像有的女孩为了讨人喜欢做别人的玩物。

实情：你以自我为中心，害怕见人，而且嫉妒那些被人喜欢的女孩。

辩解：周日我不会去教堂做礼拜。因为作为一个孩子，我去得够多了；不仅那位牧师让我烦，他们还总要钱，而且做礼拜的人中有太多的伪君子。

实情：你懒惰，觉得去教堂麻烦，想在周日早上睡个懒觉，而且，你还认为教堂那种环境不舒服。

辩解：我丈夫满脑子想的都是性，我想的可远不止这些。我是一个好母亲、好厨师、好管家。他有什么权利说话呢？

实情：你首先想到的是你自己，你的孩子和你自己的安逸。你是一个不合格的妻子，你是一个骗子，你只期望丈夫做你的支票簿。

辩解：我喝酒是因为我不得不应酬生意上的往来。

实情：你嗜好喝酒。

辩解：光线太刺眼了，否则我可以打出一记全垒打。

实情：你的球飞出一里以外了，其实你根本不擅此道。

辩解：你看，老板，弗兰克催着我做其他的报告，我没时间。

实情：你把它给忘了！你做事太拖拉！

辩解：记账员给我的数字就是错的，所以我没有想到自己
　　　的估计也错了。

实情：你从没用心核对过数据，甚至没有意识到其中的错误。

辩解：我一直在船上，而且火车也晚点了。

实情：你错过了船期，因为你没有及时出发。

辩解：我真的必须做些什么来改变体形了，可是我实在太
　　　饿了，更何况，我必须吃些东西保证体力。一定是
　　　我的腺体在作怪。

实情：哦，你吃得太多了！你是个贪吃狂，与其说你想变
　　　苗条，不如说你想增肥。

辩解：我真想存点钱，可我花钱也是实际需要。

实情：你只顾着花钱，根本没想过存钱。

辩解：我有许多事想做，却没时间。

实情：你每天有24小时。

辩解：我的书是该领域中最好的，而且也得到了很好的评
　　　价，出版方要是适当促销的话，它很可能会成为一本
　　　畅销书。

实情：这本书不怎么样。初期推广已经很下功夫了，其实，这部作品不值得投更多的钱。

建议：写下一些你和你认识的人特别喜欢的借口。实事求是地分析这些借口以及为什么喜欢使用借口的人会成为怯懦的逃避者。

许多男女并不用心改变目前的局面，而是花大量时间考虑如何制造借口。"借口男人"和"借口女人"都是消极的人，有时他们能愚弄别人，但更多时候，他们愚弄的仅仅是自己。

找借口的艺术被发挥到极致的时候，一个人就会处在神经过敏症的边缘，很有可能最终变成一个神经病患者。这种人主观上不会承认自我心理与他人有什么不同，以达到自我欺骗的目的。

精神病学专家告诉我们说，神经病患者完全意识不到他正在建立假想的自我形象。这一事实对任何一个有辨别力的人来说都是相当明显的，但是，神经病患者绝不会挑战他为自己勾勒的意识中的形象的真实性。他意识不到，这种自我欺骗使他崇拜的是一个虚假的和不堪一击的自尊形象，而一旦这一形象被错误地建立起来，它就在精神上替代了真正的自尊和真实的自我。

这些脱离现实的病态被弗洛伊德称作是自我的理想主义、自恋和超自我；阿德勒则把它称为努力争取优越感；侯梅博士称之为理想化的意象，这一意象对病人来说常常是唯一真实的部分。克伦·侯梅博士认为："它可能是唯一让病人获得某种自尊、不再自卑的元素。"

很明显，不经过专业的治疗，我们会习惯使用各种借口和合理化的方式欺骗自己，并试图使用虚假的面具愚弄他人。我们不愿意别人看我们时只是看到我们人格的碎片，而不是一幅完整的图像。人格的缺陷可能会导致性格的缺损。

"崇高的你"看自己以及希望别人看到的你可能是这样的：

谦虚 　　　　　值得信赖

体贴 　　　　　让人佩服

心态平和 　　　富有同情心

宽阔的胸襟 　　大度豁达

能干 　　　　　令人尊敬的形象

受人欢迎 　　　开明

哇！简直是高尚极了，总的来看，你高尚得都可以看出自己的缺点了：

过于敏感 　　　太仁慈

过于慷慨 　　　太善良

这些错误像是用摄像机录下来的一样，看上去十分典型。但是等一下！别人看到的却常常是另一个你：

你为人卑鄙——　　你对他人存有偏见

　甚至虐待成性

你嫉妒他人 　　　你甚至想杀人

你鄙视别人 　　　如果可以蒙混过关的话，你甚

　　　　　　　　　　至不惜伤害自己的身体

你憎恨别人 　　　你自私

你很易怒 　　　　你没有理性

你做可耻的事	你沉迷于色情
你心胸狭窄	你很圆滑
你多疑	

你确定自己不是那种人吗？是的，可能不是你我，而是其他的人！心理学家向我们保证说，无论如何，这是人性中全部或者部分天然成分的反映，只是程度不同罢了。我们都看到图表中这些被忽视的缺点——但是很模糊。因此，这里不妨使用有弹性的表达来说明我们想要指出的缺点。好吧，让我们用语言游戏来把它变通一下：

你是：	他人是：
理智	固执
谨慎	多疑
有权利享受应得的东西	贪心
忠诚	狡猾（如果他质疑你的良好动机）
慷慨	自私（如果他想得到你的奖金）
足智多谋	一个幸运的傻瓜

实际上，我们会通过歪曲我们仇恨或恐惧的人的形象以欺骗自己，反过来也一样，我们也会把美德赋予那些我们崇拜的人——包括我们自己。

一些人天真地相信说话可以代表一切，而且只相信说话。他们认为话语中存在着某种魔力，如果字字句句重复足够多的次数，就可以改变和代替现实。他们没有认识到，含糊不实地使用语言代表着精神失调，而疯子的特点之一就是他们无法说清自己到底哪儿出了问题。

很多人都知道，有些原始人分不清现实和假想。但很多人却不知道，在你我生活的社区当中，有许多大学毕业生现在同样有这种原始人思想上的模糊性，他们用想象代替事实。这样的人还有半吊子艺术家、自吹自擂者、势利小人，以及那些沉迷于"一切都好"的生活游戏中的伪装者。

一个人调节得越好，越聪明，生活态度越积极，在用词上就越精确和切中要害。你越是愚弄自己，试图以滥用词语的方式迷惑他人，就越容易伤害自己和他人，也就越说明你的消极无能。

我们来看几个很平常的使用欺骗性表述的例子。这种表述经常被人们用来不恰当地夸奖大家本来很熟悉的人。

"小珍妮难道不漂亮吗——快看她——真是美呀，"沉浸在爱怜中的母亲大声地说。她常常使用这些肯定的词语。可你看，那个女孩斗鸡眼，纠结的头发，短鼻子，还有龅牙，无论从哪个角度上说长相都很一般，甚至是丑陋的。只有一个母亲自我欺骗的时候才会说这个孩子长得漂亮。这个母亲不断地这样表达，试图改变或者欺骗自己无视这些事实，如果总是说一些赞美的话，她就会有理由相信这些话已经改变了现实。她耽搁了孩子去配眼镜、去矫正牙齿的最佳时机，最终也就伤害了孩子。

"约翰尼很有才华——他是镇上最聪明的男孩。"爸爸说，妈妈立刻表示同意。他们异口同声地说："这些教师都是哑巴，为什么不说句公道话呢？要不然，约翰尼应该可以升到高一年级的。"他们常常这样说，以至于自己都开始信以为真了。尽管事实上，约翰尼多次坚持不留级已经很万幸了。几乎任何一个私立学校的老师都可以证明，恰恰是班上那些比较笨的孩子家长最苛刻，麻烦最多，并且总是不断地批评教师。学校不能改变约翰尼的遗传基因和家庭背景。而家长，正如他们全力去做的那样，也不能用语言来改变一切。但不断重复某些话语让他们相信一切都"真实"发生了，而没有积极想办法为约翰尼提供就业方面确实需要的培训。

"同任何其他的品质相比，我认为忠诚更重要。"一个企业主管反复说。当我听到有人提到"忠诚"这个词时，我都会不寒而栗。我认识一个企业主管，他不断使用这个词。实际上这个人不仅对美丽的妻子和可爱的独生女不忠，对自己的哥哥也不忠。过去，哥哥除了给他大量公司股票，还给他有生以来最高的薪酬。可他却掠夺哥哥的财产，通过分公司进行欺诈，还用公司的资金而不是自己的钱进行赌博。在一个圣诞节的前几天，他在没有提前通知的情况下断然下令辞退了一名忠诚的员工，而这名员工有一大家子人需要供养。他对朋友和同事不忠，同时也背叛了自己。他似乎在用空谈忠诚的方式作为烟幕，我深信，他内心也许相信自己是一个忠诚的和被许多人误解了的人。

"贪婪是一种恶习，而贪婪的人总会要求多一点，再多一点，直到丧失一切。"这是我所认识的最贪婪的一个人经常重复的说教之词。他为人极其自私。而他对名利的贪求让人们对他非常反感，同时也把他当成了当地人尽皆知的笑话，因为无论如何，他的所作所为多少还会引来人们宽容的笑声。他那样表白自己就像一种催眠术。很显然，他确信自己很慷慨。

"我非常独立，你看……"一个年轻男子说。他已经快30岁了，十分唠叨。至今，他还没有足够的收入养活自己。父亲和朋友们都非常希望他能做些有益的工作，而他却辞掉了人们为他担保的一份份工作。你看，他就是这样"独立的"！

我们都十分熟悉那些自欺欺人的人，他们抱着一种"蚱蜢心态"，把活动错当成积极的进展，就像小狗追自己的尾巴一样。又和棒球投手差不多，向自己的手套上吐唾沫，掸手上的灰尘，玩弄棒球，准备动作看上去永远都是令人激动的，但并不真的往外掷球。

你一定很容易看出这些絮絮叨叨的通常有些神经质的男女，其实他们都是你的熟人，而且说个不停，很显然，他们不仅仅在言语上自欺欺人，还觉得这样反复谈论一件事就像在做这件事。

半吊子艺术家是精于唠叨的专家。作家，特别是那些不成功却自称为作家的人，常常通过大说特说的方式来蒙骗自己。日常生活中，你所见到的那些无能者往往是那些太多、太快、太贪婪地说着他们不甚了解的东西的人。

这些人中，有些人害怕安静，因为他们本性恐惧真空。另一些人一开口话语就像决堤的洪水，希望借此建立自尊并强迫别人接受他的观点。还有一些人仅仅是希望通过不断地说下去以证实自己认为正确的事情。他们很少能看到自己的问题，也很少能够解决任何问题，而是以隐藏和合理化的方式，就像是用一堵墙把现实封锁起来一样。

用类似的方式，消极者在生活中欺骗自己，也欺骗他人。他们是失败的和屡经挫折的无能者。相反，那些积极生活着的人，积极评价和面对现实，避开言语的迷雾、迷宫、阴霾和沼泽。当那些消极的人们仍盲目地在黑暗中原地打转的时候，他们早已勇敢地穿越了阳光和暴风雨，大步朝前进发了。

第12章

如何让梦想成真 ▶▶

The
Power of
Positive Living

积极生活的力量
幸 福 生 活 需 要 的 日 常 心 理 学

无论你是积极的还是消极的，做白日梦都不失为一件快事。我们都离不开白日梦。看这个可怜的小职员，在白日梦里，他继承了一笔财产并悄悄买下了公司。有一天，他来到可恨的老板面前，幽默地来了一个布朗克斯式的敬礼，毫不客气地告诉他他被新老板解雇了——新老板就是小职员本人。罗伊·霍华德，斯克利普斯－霍华德报业连锁机构的天才领袖，一度曾是一个身无分文的报童，在大街上卖《印第安纳每日新闻报》。自从他进入这个行业的那一天起，他就一直梦想着靠卖报纸发财。女孩多丽幻想坐在一个帅气的男孩的车上——一辆光芒四射、崭新的带天窗的凯迪拉克。这个男孩开着车在她身边戛然停下，她弯下腰，他给她戴上沉甸甸的钻石项链，披上白金般的貂皮大衣，还邀请她一起坐私人飞机前往阿拉伯旅行，下榻在里兹－卡尔顿酒店的套房里。前不久，这个清秀的无名女孩——一个矿工的女儿真的就站在圣坛上同一位百万富翁喜结良缘了。

在白日梦中，每一个男人都可以做超人。每一个女人也可以做她最想做的那种人。令人惊奇的是，有许多男女，像罗伊·霍华德和那个矿工的女儿一样，他们把白日梦完全地或者很大一部分地都变成了现实。更多的人——可能也包括你——如果愿望足够强烈的话，也可以让美梦成真。那些培养了积极生活态度的人是可以把梦想变成现实的。那些神经麻木、消极生活的人则不敢做白日梦。他们不知道没有实际行动的幻想不过是一种威力巨大的自我欺骗，甚至比所有时代的鸦片和烈酒都更具破坏性。

在生活中，有两种截然不同的空想家：

积极的空想家。他为了实现愿望会积极采取行动，非常明确地、一步一个脚印地让梦想成真。他总是从细节入手来解决实际问题。

消极的梦想家。他不会主动采取行动去实现愿望，总是幻想着问题能奇迹般地得到解决。他们仅仅坐在那儿，用空想代替行动。

如果你是一个空想家，这没有关系，重要的是你要知道自己属于哪一种，要分清空想和积极行动以努力实现愿望之间的不同。在生活中，你让某些事情发生——具体发生什么，什么时候发生，在哪儿发生，如何发生，这些都有赖于你是消极的还是积极的，有赖于你在二者出现冲突时采取的解决办法。

这样的例子不胜枚举。尼娜·威尔科克斯·帕特南是一名家喻户晓的女作家，她周游过世界各地。当她还是一个少女的时候，就梦想着成为一名作家，于是，她努力工作以实现梦想。她相信美好的梦想值得为之奋斗，她必须为自己努力争取，而不能顾及消极的人们的反对。

"家里每一个人都反对我，"她告诉我们，"我的父母抢走了我写作用的必需品，我就从邻居那儿借，然后把自己锁在地窖里写。"由此可见，我们需要积极地追求梦想，以消除某些时候消极因素对我们产生的影响。

后来，尼娜开始写系列小说，这时，一个生病的亲戚住在她家。"当时家里的经济来源主要靠我。"她回忆说，"可我是一个女人，因此，家人觉得应该由我来照顾病人。我也想过留在家里，但我知道那会让我很伤心的，因为如果我想要成功，就必须写完小说。于是，我搬到旅馆去住，在那儿没有人打扰我，直到作品全都完成。

"家人激烈地反对我。我自己也怀疑这部备受指责写成的作品究竟会得到怎样的命运。但是我认为我做得正确。最后小说卖得很好，我用挣得的钱还清了医疗费。"

这样做是不是很无情？不是！如果尼娜不是为了实现梦想而拼搏，她就不会在年轻的时候就成为家庭的主要经济支柱。其他人在她成功的道路上设置了障碍，要她照顾生病的亲戚，可最后正是积极的尼娜付清了医疗费。她绝对不是无情的人。她赚到了钱，又把大部分钱花在了别人身上。可见，积极的行动不仅赚到了财富还让她的梦想成真。

做白日梦其实就是逃避现实——一次遁入虚构的乐土的逃避。当我们做白日梦的时候，我们在精神上的游乐园里追求快乐。想象如坐过山车一样，开始了欢闹的旅途，或者直上云霄，或者沉湎于情感的烂漫，这时，事业常常也会获得神话般的成功。人们每一次令人瞩目的成功都源于幻想，可是白日梦却有一个灰暗的名字。之所以如此，是因为失败也往往会追溯到白日梦和对成功的幻想，在空想中，许多人为了逃避，也有许多人沉迷其中，以至于梦想超越了现实，而且其思维已经变成了一种难改的积习。

在推演出相对论或原子分裂公式之前很多年，爱因斯坦一直沉湎于数学的美梦中。吉索斯在巴拿马海峡建成之前就梦想过有这样一条运河。莱特梦想驾驶着比空气重的机器飞行。米歇尔在创作《乱世佳人》之前，一直梦想着过去的南方。正是因为爱迪生一直梦想着电器装置发明的可能性，全世界的夜晚才会变得一片光明。莫扎特或贝多芬在名留史册之前也曾梦想着写出经典的曲目。

但是，在所有这些例子中，做着白日梦的都是那些能够采取积极行动把梦想变成现实的人。作为一个年轻人，乔治·凯特·马歇尔的梦想不仅仅是做一名普通的士兵，而是要成为一名伟大的战士。他努力争取进入西点军校学习，但是没有如愿。于是他来到了弗吉尼亚学院。不久，在一次偶然事件中，他被人用刺刀捅伤了，几乎死掉，他的梦想也几乎要化为泡影。但他康复了，他的梦想于是也复活了。终于，他成了美国陆军参谋总长和美国"冷战时期"的国务卿。在这个国家的历史上，每一位伟大的领袖都是一个有梦想的人，同时，他们还把梦想和积极的思考与行动紧密地联系了起来。

许多无能者的白日梦则是模糊不清和随心所欲的。他们只是在一个圈子中不停地转悠，就像一条狗追逐自己的尾巴，结果什么也得不到，却把自己累得筋疲力尽。对于上面说过的以及所有在现实生活中实现了的白日梦，都是做梦的人从思想的迷雾中一点点发掘出来，放在刺眼的检视灯下经过实际考虑和分析才最后确定了可以实现的。这样来看，我们需要积极地对待白日梦。积极的人每个白日梦都鲜活真实，而消极的人则让梦想胎死腹中。

积极的梦想家可能也一样常常会临时花点时间阅读别人的情感故事来逃避现实，比如看电视，欣赏戏剧，阅读精彩的小说，等等，或者干脆斜靠在扶手椅里，任凭思绪随意游走。但是，他会回到现实中来，关掉电视，离开剧院，把小说扔到一边，从椅子上站起来，回到工作中来。白日梦成瘾的人则不然，从未认真考虑过自己的梦想。宽慰的催眠曲说不定什么时候就会响起来阻碍他正视现实。一个梦破碎了，他会马上捡起一个新的来，他只是为了做梦而做梦。神话中保罗·班扬巨大的步伐在他面前相形见绌，真实生活中，他们犹豫的步伐纯粹是为了维持自身继续存在下去。为什么会这样呢？因为现实总是让他遍体鳞伤，而在梦中他便可以稳坐王中之王的位子。

一个人长期过度地沉湎于消极的白日梦，原因是多种多样的。

心理学家告诉我们说，每一个白日梦都是一个没有实现的愿望。每一个白日梦都代表了一个没有满足的欲望。沉睡时的梦境和白日梦本质上并没有区别，夜晚的梦有时候帮助我们明确思想和找到解决问题的办法。通过认真研究白日梦，人们可以获得它的价值所在，因为其中包含了愿望的成分，白日梦可以为人们带来宁静和快感。会做白日梦，实际上对身体也有一定的益处。

精神病学家告诉我们，经常失败的人之所以频频白日做梦，几乎总是和他们内心深深的自卑感联系在一起的。这种自卑的情绪，无论对错与否，都根源于他们羞怯和过于敏感的个性。这种性格的人会从这个敌意而友好的世界的各种竞争中退却，在斥责和拒绝的压力下退缩，白日做梦是他们弥补没有认真地对待冷酷的现实的方式。在白日梦里，他可以在摇曳的幻想火苗的温暖中感受到一些舒适，他可以虚构出一个世界，而这正合他异想天开的口味。

心理学家和精神病医生告诉我们，挫折是白日梦多产的父亲。一个童年时期被专横的父母管得过严或屈从于兄弟姐妹操纵的男孩，可能渐渐会觉得自己不如别人优秀和强大，也不如别人聪明。这样，他会非常沮丧和不满。但当他躲进白日梦中，自己就变成了胜利者和冠军，一切都会变得那么令人愉快。于是，他会越来越多地进入白日梦状态，这种痴心妄想成了他的慢性病。爱做白日梦的女孩可能梦想着在舞会上为众人所瞩目，获得那位全校知名的明星运动员的青睐——可在舞会上，那个男生甚至连看都没看过她一眼，而实际上，很多时候，她甚至不去参加舞会。她觉得没有合适的衣服与她的魅力相配。她感到自己完全是个失败者。她回到自己的房间里，躺在那儿，凝视着天花板，那些对于浪漫爱情的幻想让当红的好莱坞明星都显得青涩。这是快乐的体验。可如果白日梦成了逃避挫折的慢性病，等待她的就可能是失望的一生。由于个人的局限性和消极的态度，失望的妻子、犹豫的丈夫总是在他们事业受挫的时候来到白日梦的鸦片中寻求慰藉。

如果你有做白日梦的习惯，可能会自问，我要怎么对付那些白日梦呢？答案要取决于这个习惯形成了多久，促使它形成的早期经历到底有多么根深蒂固，你摆脱它的决心有多强烈。但有一件事是确定的：你不可能一边培养它，一边摆脱它；你必须积极地进攻它、打败它和控制它。

有些人长期活在白日梦中，如果没有别人的帮助，很难找出自己躲在梦中寻求安慰的原因。因此，他们一定要去专业人员那里寻求帮助，探究无意识记忆，从而挖掘出这种习惯养成的根源。

路易斯·E. 比斯奇博士引述了一个36岁的妇女的案例。这位妇女对以往的婚姻极其绝望，因为感到自己备受挫折，一无是处，在精神上一直处于抑郁状态。

"告诉我你想做什么。"比斯奇博士这样指导她说。

"你是指我的白日梦吗？"她羞怯地问，"很多，也很牵强，大多数都和爱情与婚姻有关。我早先提到过，我会做饭，缝纫，我还会洗盘子——就这些。"

比斯奇博士接着提问："你很清楚这些你都不喜欢。让我们来看看你的白日梦有没有实现的可能。"

是的，这位年轻的女性曾以为自己想拥有一部车，想要旅行，渴望别人羡慕她的舞技，希望自己有一双褐色的眼睛，体重再减轻15磅等等。很自然，那是很多平平常常的白日梦，梦想着一个高大、俊朗、富有和完美的恋人，她能成为他的妻子，梦想着一起住进一所漂亮的房子，那里有仆人，各种东西应有尽有。

可是，这些似乎没有一项可以马上实现，满足她个人的愿望。因此，比斯奇博士催促她往前追忆，努力回想一下过去的那些白日梦，可能十多岁或者二十岁早期时候的梦想。

"我一度想成为一名服装设计师。"最后她说道。

"为什么不呢？"心理治疗师追问道。

"我父母没钱供我上学，当时我也太小，没有经验，不懂得亲身尝试一下。"

"如果在你年轻时那种做设计师的愿望非常强烈，我敢说现在仍然如此。"

"是这样的，"她叫起来，"真是奇怪了，过去我怎么没有想到这个呢？现在我付得起学费，我想我真会去学的。"

无须赘言，即使过了许多年，即使这个女士已经忘了这个愿望，但这仍是她压抑的根源。于是在白日梦里，她希望实现各种各样的愿望。也许直到有一天，她学会了选择具体的梦想，并且积极地实现它们她才会快乐起来，否则，失败会一直这样困扰她。

白日梦的力量是众神给我们的礼物。正是误用了白日梦，我们才连续受挫和失败。大梦想家错就错在想把美梦一下子全部实现。他们梦想得到更多的权力和财富，这实际上超出了他们的能力，因为一个人能做的实在有限。

万特比·比格奎克先生在一家汽车制造公司里做一项不重要的工作，他不注重学习和处理工作中的细枝末节，日子只是勉强过得去。他总是认为这些小事不重要。每一次他申请做部门领导都会被拒绝，因为他根本没有为此做好准备，他反而责怪上司，他幻想着有一天自己成了公司的主管，朋友们就能看到他是一个多么优秀的人了。

　　尼古拉斯·德雷斯达和万特比·比格奎克在同一个部门工作，23岁，是一个在乡下长大的移民。作为一个积极工作的年轻机械师，他有梦想，但是目前，他还是安心地做好本职工作，学习处理每一个部门工作上的环节。

　　尼克适度地去梦想未来，特别是具体到个人问题上，他不会要求所有的梦想立即全都实现。他被聘为凯迪拉克芝加哥地区销售经理，后来这个年轻人又被选调到底特律的总部办公室，成为通用公司的副总裁。后来，57岁的他受聘掌管全世界最大的汽车生产商雪佛兰汽车公司。而万特比·比格奎克，至今仍是一个令人失望的机械工，仍在梦想着有一天成为一个大公司的领导人。

　　有时，人们会到精神病专家或者心理学家那里寻求帮助，其实医治白日梦很简单，常见的自我分析法就可以奏效。如果你认为自己的生活被扭曲了，长期以来你一直被消极的白日梦控制着，无论如何，你都应该到一位优秀的专业人士那儿接受帮助。可如果你怀疑自己完全陷入了太多的毫无意义的白日梦，就应该做一些自我分析，并如实回答下面的问题，这会对你有所帮助。阅读和回答每个问题时，务必冷静和客观。记住，你没有必要把答案给谁看。这是你自己的问题，你自己的分析，所以请你不要自己骗自己。

1. 生活中我是否有非常明确的目标？为了实现这个目标，我采取过什么具体行动吗？

2. 如果我想实现全部目标，我下定决心通过四步或五步具体措施争取尽快实现其中最迫切的一个目标了吗？

3. 如果我确定了具体步骤，我尽全力争取了吗？或者我只是蜻蜓点水式地试过几次？

4. 在实现最迫切的目标的过程中，每次在我遇到障碍的时候，我真的全力以赴了吗？或者我心甘情愿地接受了一切，弃械投降了？

5. 我努力地尝试过完成那些自以为无望的事吗？

6. 我什么时候努力地尝试过——那是多久以前的事？

7. 如果我失败了，确切地说，为什么输掉了？是因为有些事情我根本无法掌控，还是因为我没有积极地做好准备？

8. 我是否有实现某一目标的强烈愿望？

9. 我第一次认为自己没有能力实现目标是在什么时候？（现在你要诚实，因为你可能总是降低对自己的要求，早早地举起投降的旗子。）

10. 为什么我会确信自己无法实现目标？

11. 我深信的理由有合理性吗？或者说，如果我积极行动，努力争取，有没有可能克服它呢？

12. 我是否有理由相信那个原因或者那些原因现在仍然真实存在——或者说，其中某些原因其实早就消失了？

13. 与他人竞争的想法和现实是否使我感到苦恼和焦虑？

14. 如果的确如此，具体说来，我害怕什么呢？为什么？如果我所担心的事情果然应验了，是不是就意味着我彻底完蛋了，或者对我也不会有什么损失，不过是暂时尴尬而已呢？

15. 是否阻碍我实现愿望的担心仍然存在？

16. 如果我的目标很容易地实现了，它会不会同我过去的信念发生冲突？无论怎样，我会感到内心不安吗？我能满怀信心地面对它吗？（我认识一个人，月薪1万美元，在成为分部总经理的时候，他觉得很犹豫，要知道，2500美元的周薪是他梦想已久的。在他看来，他和妻子会因为新工作的责任太大而不开心，正是出于这种自我强加的限制，他拒绝了那个职位。）

17. 有多少限制是自我强加的？即使不能克服这些限制，只要我积极行动，有没有可能克服其中的一部分？

18. 我多长时间做一次成功梦，但却不积极地采取行动？

19. 我有多长时间没有主动争取自己值得争取的，并且也是完全有资格获得的东西？

20. 除了日常工作，我是否花了很多时间在做白日梦，却没有准备好去实现它们？（很多人梦想着成为一名成功的作家。有些人脚踏实地地干了五年，理所当然地成功了，与此同时，另一些人只是幻想着有一天能成为文学家茶会上的荣誉嘉宾。著有《战云约旦》一书的简·史特瑟斯在世界各地都受到盛情的款待。她说，她真的十分享受这种写书成名的生活，但是实在不喜欢写作。空想家愿意享受功成名就的幸福，却从来不愿全身心地投入到写作的实际工作中去。）

21. 我多久才表白一次自己的白日梦，把我打算好的要做的事说出来让大家知道，可是也只是那么一说，最后，几乎总是光说不做？

22. 我是否太渴望获得巨大的成功，于是，忽视和放弃了微小的成绩，实际上，要想获得成功需要一点点地从头做起？

23. 我是否梦想着得到一个更好的工作，更高的薪水，除了日常工作以外不做任何努力？（大多数人最高的追求是在当前的职位上继续混下去，被动地等待加薪和升职的机会。他们不思进取，给多少薪水就拿多少，多半是因为自我强加的限制和消极的思维方式。）

24. 我是否从心理上就不想努力，等待着梦想成真？（心理学家威廉·莫尔顿·马斯顿用了两年时间调查了3000人。他非常震惊地发现，同样是回答"你为什么而活"的问题，94%的人表示他们在忍受现在等待将来；等到某人过世；等待"那件大事"的到来；等待孩子长大离家；盼望明年；等待梦想已久的旅行；他们等待明天，可是这样回答的人却没有意识到每一个人只有今天，昨天已经过去，而明天永远不会到来。）

结合你的实际情况仔细反思一下。毫无疑问，你也需要认真地对待其他类似的问题。通过这次自测，你就能清楚地明白，一个人除非积极地行动起来，否则梦想永远都无法成真。

按照下面的步骤来做，你就会开始一个更加积极的生活。

第一步：当白日梦不断地侵扰你时，你要抓住它的耳朵，盯着它的眼睛，检查它的牙齿，全面地分析它。

如果你的梦想太大或者超出了你目前的能力，那就把它打成可以应付的碎块。接着，关掉胡思乱想的开关，计划如何完成当前可能做好的工作。如果你梦想成为一国的总统——其概率微乎其微，你可以谋求在自己所在的社区或者村子的管理工作中做一点事情。先让梦想中的一部分成真，这样，你就会在实现它的过程中感到快乐，而不是像过去那样期待着实现全部的梦想。如果你的梦想是"赚一百万"呢？那也一样，积极地行动起来，先赚上第一个100块，然后赚上第一个1000块。除非继承了一大笔财产，大多数百万富翁都是这么走过来的。你还等什么？

第二步：做更多的美梦吧，可你要下定决心，积极行动起来让美梦成真或者争取应得的部分。

如果梦想太多，从来也没有积极地去实现哪一个，那就忘记它们，用可以实现的、能给你带来机会的梦想取而代之，然后行动起来。不要仅仅耽于幻想。

塞姆·布利斯基是一个移民的孩子，17岁，住在特拉华州的威尔明顿。他去找工作时，工头说："每周5美元。"男孩说："好的，我可以马上开始。"他梦想着有一天自己做老板。于是，他开始存钱。在芝加哥，他遇到了贝蒂·普罗斯克，一个朋友的妹妹。塞姆后来说："当我第一眼见到她时，我就知道我注定要娶她。"的确是这样，他告诉她自己的梦想。还说，如果有一天，她打算嫁给老板，他就是那个能为她赚钱的老板。这条路对他来说的确艰难。一次，医生告诉他只能活6个月了，这可不属于他的梦想。1923年，他创立了自己的公司。10年后，他成了一名出色的置换散热器生产商。他还生产汽车加热器。他在芝加哥的公司专门生产照相机和摄像机——那是一家了不起的企业。他的工人收入很好，因为他给的薪水高。工人们都很爱老板，都是他的朋友。就这样，他非常积极地、一步一个脚印地走过来，把梦想变成了现实。也有数不清的人却没有这样做。你还在等什么？

第三步：要想清楚，白日梦不过是想象，它像小马一样在原野上疯跑。

仔细地观察它，悄悄地爬到它的背上，给野马一样的白日梦套上缰绳，驾驭它，就像其他有创造力的人一样，你完全有能力做到这些，从一些较为重要的工作开始做起，为建设性的变化打下坚实的基础，努力追求生活为我们留下的财富。你争取你应得的那一份了吗？

你做好决定了吗？你真的采取过连你都认为有必要的积极行动吗？

阿尔伯特·维格曼，20世纪最受人爱戴的演讲家。也许你聆听过他五千多次演讲中的某一次，或者读过他无数颇具影响力的书籍中的某一本，或者看过他撰写的报纸专栏《探索你的心灵》。当阿尔伯特还是一个孩子时，他就梦想着成为一个演讲家和作家。至今他还记得第三次上台演讲的情形，演讲的开头是"亚当斯和杰弗逊已经成为过去"。阿尔伯特走上台，鞠躬施礼，表情严肃地开始演讲："亚当斯和杰弗逊已经成为过去，"然后他就变得结结巴巴再也说不出一个字。他又鞠了一个躬，在喧闹和羞辱的掌声中坐了下来。可他依然心怀梦想。抱定了这样一份决心，他终于成了全国最受欢迎、也是报酬最高的演讲家。你的梦想是什么？你又打算如何实现它呢？

第四步：只留下一个可实现的梦想。

毫无意义地做白日梦可能已经成了你的一个快乐的习惯。在每个白日梦进入你的意识时，要下定决心让它止步，分析一下现在有没有实现的可能。如果没有，就赶走它。你心里一次只能容下一个梦想。赶走其他白日梦，认真考虑怎样积极地行动起来才能解决当前的问题。微笑着面对那些空洞的幻想，如果你愿意，你可以宽容地，也可以愤怒地警告它们，你现在很忙，有很多重要的事要做，没有时间搭理它们。它们不受欢迎。告诉这些渺小的来访者，你在思想上已经彻底改过自新。

每次当它们来敲你的心灵之门时，你要用积极的心态去面对它们，迅速地把它们堵在门外，"今天有什么积极的新礼物带给我吗？没有吗？那么请出去……走开，我的意思是说现在就给我滚！"这样做有点蠢，是吗？不是的。这可以帮助你彻底去除徒劳地做白日梦的习惯，否则，那才是愚蠢呢。

苏珊是一个事业心很强的女孩。因为工作出色，她得到了晋升的机会，可是因为同异性交往受挫，她开始做白日梦。她表现得十分懒散，不愿与人交往，日复一日，整个人完全沉迷在白日梦中，不愿去面对现实中的一切。在幻想中，她是一个完美而美丽的神话中的公主，那些骑着雪白的战马、身着闪亮盔甲的骑士们纷纷追求她。工作实际和梦境之间形成了鲜明的对比，她抵触改变现状和纠正自己。于是，她被解雇了。糟糕的处境加上后来一位精神病专家的话使她明白，做白日梦是愚蠢的。她彻底告别了梦中来访的白马王子们，重新找到了工作，并且还加入了两个社会团体。实际上，她很善于装扮自己，作为一个销售人员，苏珊看上去非常得体。虽然，她没有经历过教堂婚礼的仪式——有十多个伴娘的陪伴，缓缓地走过教堂的过道，但在证婚仪式上，她真切地说出了"我愿意嫁给你"的话。如今，现实中的她有了一个小宝宝，照顾孩子让她忙个不停，甚至累得满嘴胡说，可正是这种生活方式，让她开始更多地憧憬着自己的未来。

第五步：找到值得你坚持的梦想，并为之努力奋斗，争取成功。

第13章

赞赏的积极魔力 ▶▶

The **Power** of Positive Living

积 极 生 活 的 力 量
幸 福 生 活 需 要 的 日 常 心 理 学

我认为赞赏是词汇表里最重要的一个词。当我们理解并且积极地运用了它，赞赏就是最美的和最有力的一个词，同时，它也是所有词语中最容易被忽视和滥用的一个词。我想，在人们追求和谐而满意的生活方式中，不可能再有另外一个词比它具有更神奇的力量了。

如果你真正充分领悟到了赞赏的宽度、高度、深度和质量，你就抵挡得住生活中的任何打击，你就可以飞得更高，实现心中所有的愿望。一旦你完全学会了赞赏，你就拥有了一个尽在掌握之中的最美好的世界。因为在这个词语中，蕴含着美好的信念，伟大的理想，仁爱之心，以及所有的成就——一个有影响力的人的要素——成为一个可以赢得最广义的爱，反过来也有能力去爱别人的人。

你最深的渴望就是得到赞赏。没有了赞赏，其他的基本渴望对你来说实际上都没有意义。没有了赞赏，食物便失去了它的美味，饮品也不再提神醒脑，栖身的地方没有了舒适感。就如前面各章谈到的一样，没有了赞赏，你就无法满足自己在社会认可、美满爱情和自我肯定三方面的需要。正是赞赏赋予了你生活的真谛。对你的赞赏只能来自别人，吸收这种养分的最好方式是，你要慷慨地赞赏他人，正如你我一样，他人也渴望得到赞赏。

赞赏不单单是一个词。如果你猜透了它，它会具有一种神奇的魔力。几百年前，罗马人造了appretiare这个词，意思是"评判"、"评定价值"，从pretiare(评价)，到prize(奖赏)，和pretium(价格)、price(价格)，从这些拉丁词语中，又派生出了英语单词"appreciate"，意思是"确定一种事物的价值，充分尊重某种价值"。现代词典编纂者们这样界定它："表示赞赏的行为——赞许的判断和评价……"

这里，我们从正反两方面来探讨这个词。请注意"赞赏"这个词的正面意义，它的同义词有：尊重、评价、奖赏、重视、赞赏。而它反面的同义词有：贬低、轻视、愚弄、错误地判断、轻蔑、低估。

你、我以及我们接触到的每一个人都与生俱来地渴望受到尊重，渴望他人的评价能够真实反映我们的价值，我们需要的是正面的赞赏。我们不是凝视水晶球的预言家。我们需要反复地证实自己。慷慨地表达感激和善意，你对赞赏的领会力、表达力和运用能力可以被最大限度地激发出来。自我赞赏不过是一份未经调味的食物。我们需要别人的赞赏。作为一条深入指导我们积极生活、思考和行动的原则，赞赏他人是我们赢得他人赞赏的最好办法。

伟大的诗人海伦·亨特·杰克逊写下了发自内心的最美好的充满激情的诗句："如果你爱我，请你告诉我；安静的国度无边无际，胜似来生。"这里，你不需要精妙地想象，就能听到"如果你爱我，就把它告诉我"这种世世代代以来一直回荡在千百万人心里的呼唤——直到今天，仍然是无数人心灵的渴求。

你不可能直接地走到乔或者珍妮·多克斯面前说："请你赞赏我吧。"但是，你可以在恰当的时机表达你对他们的赞赏之情，然后非常明确地表达你希望得到对方的赞赏。有时，这会使得接受者感到羞怯，不会立刻做出反应，但往往这种表达方式会融化对方的含蓄和缄默，你期待的善意的赞赏也会随之而来。

似乎世人都害怕表达感激之情。也许这种不情愿被那些愚钝的人解释成温柔、软弱，或者我们害怕赞赏别人破坏了肯定自我的需要和自尊感。其实大可不必如此。赞赏是良好的性格之花。只有那些未经教育、没有教养、情感不正常的粗鄙之人才会没有表达赞赏的能力。

不过，许多人在展示出色自我上多少有些笨拙，尽管他们渴望自己出色的一面为人承认。詹姆斯·奥尔德雷奇在一个故事里给我们描述了这种笨人，这个故事至今在伯克利社区里仍为人们津津乐道。

有一个人刚从城里搬来不久，家里的烟囱就着火了。正当他无助地盯着穿过墙壁的火舌的时候，传来了一阵敲门声。他的邻居来了。

"有麻烦，嗯？"这个邻居问。"给我取一把斧子来吧！"

邻居迅速地帮他砍开了烟道口处的灰泥，让烧焦的支撑架裸露出来。"马上给我拿一桶水！"这个邻居命令说。

大火被扑灭了。这个当地人一句话没说就离开了，城里来的人以为他不会回来了呢。可是几分钟后，他回来了，还带来了一袋灰泥、一卷壁纸和一些铁丝织网。他精心地把织网罩在烟道口上再抹好灰泥。

"晚上我再来。"他说完就离开了。

那天晚上，他又帮忙贴好了壁纸，并微笑着说："我家的房子是我自己裱的壁纸。你真够幸运，还剩下一卷没有用，不是吗？"

不到10分钟，所有的工作都做完了。可就在他要离开的时候，主人直奔主题，问道："我该付给你多少钱？"

这个当地人轻蔑地看着他。

忽然他说："一分都不要！难道一个人想做个好邻居还不行吗？"

说完之后，他重重地带上了房门，回家去了。这个城里人没有忘记这一友好的举动，他等待着表达感激的时机。

冬天到了。有一天，外面很冷，他的机会终于来了。那天早晨气温在零度以下，从窗户向外望去，他注意到这位邻居正想发动汽车。可是车子怎么也发动不起来。

这个城里人很快从车库里把自己的汽车开到了邻居的院子里，挂好拖车用的绳子。两个人谁也没有说一句话。车子启动以后，城里人收拾好绳子，开车离开了。

第二天早晨，邻居站在他的门口，问道："我要付你多少钱？"

这正是城里人等待已久的。他回击道："一分都不要！难道一个人想做个好邻居还不行吗？"

"猜你会这样说。"这个当地人说道，然后微微一笑就回家了。

善意和感激这种积极的行为早晚会得到回报的。即使这种回报你没有觉察到，你也不应该不思感恩。你可以好好反思一下几个世纪前明智的观察家马可·奥勒留的哲学思想，他在日记中写道："今天，我要会见一个人，此人厚颜无耻，忘恩负义，还夸夸其谈。很显然，这些人就是这样，所以我也没有什么好惊讶和困扰的。"

当我们获得别人的赞赏时，可能会告诉别人这种充实感有多好，但很多时候，我们想当然地认为慷慨的人们会理解我们的感受。有些妻子从没听过爱人亲口对她们说："我爱你。你是善良的。你是慷慨无私的。"这些强壮而沉默的男人也许情愿为他们爱着的人去死，而对他们所爱的人来说，他们需要的不是死而是爱——正是这种口头上的表达能让生活充满阳光。

我们应该这样生活，这也正如大卫·格雷森所做的，在晚年时我们不会说："回顾过去，很多时候我爱过，却没有讲出来，为此我追悔莫及。"

没有人伟大到不需要别人的赞赏并从中受益。威尔逊总统的秘书约瑟夫·P.图摩尔第谈到了发生在白宫的一件事。那时候，威尔逊正处于权力的顶峰。西部一家地方报纸的一个无名编辑寄给他一封信，在信中那个人表达了他对总统所做的一切的赞赏之情。图摩尔第描述说，当时威尔逊总统眼里含满了泪水，说："这个人理解我所付出的一切努力。"

表达赞赏是善良的精髓，以往，我们总是有与众不同的事发生时才肯开口称赞，其实，日常生活中，在小事上的赞赏之情包含了丰富的内容。有一个酗酒成性的人表达了强烈的自杀愿望，他做了自己该做的一切，努力拼搏，为妻子和孩子提供漂亮的房子，还有汽车、乡村俱乐部和奢侈的花销，可是他确信家人都看不起他，只不过把他当作一个支票簿而已。"他们总是不断地向我伸手要钱，"说话的时候，他一口气喝光了一大杯斯阙特波旁威士忌，"可是上帝啊，请你帮帮我吧，一年到头他们连一句赞赏的话都没对我说过。难道他们中就没有一个人能说一次，哪怕只说一次——停下手中的事，对我说，哦，爸爸，你真的很棒？"

不要等着去表演惊人的赞赏之举，微不足道的小事就值得你做，就像妈妈的《圣经》里夹着的无名诗人的短诗《小事情》中所写的那样：

如果我的只言片语

会让你的生活更加灿烂

如果我随口哼唱的小曲

会让你忘记忧烦

上天啊，请你帮我把那只言片语

还有点滴的歌声

带进某个孤寂的山谷

让回声从此传扬

如果我微薄的爱

会让生活更加甜美

如果我的一点关怀

会让一个朋友心情愉快

如果我无意间的援助之手

可以减轻别人的负担

上帝啊，请赐予我爱、关怀和力量吧

我要去帮助我辛劳的兄弟

如果你爱他们，就告诉他们！

如果你喜欢他们，就告诉他们！

如果你赞赏他们，那就告诉他们！

但说的时候你要认真！

　　查尔斯·施瓦布因为不理解别人而没能一年赚到上百万的利润。他懂得人们渴望他人的赞赏的道理。他说："要学会衷心地去赞许，慷慨地去夸奖。"

　　著名作曲家汉德尔·M.丽贝卡·佩里理解同样的原则。他给我们讲述了宗教剧《救世主》在伦敦表演时彩排的情况。合唱部分结束了，到了女高音独唱叠句部分的时候了——"我知道，我的救世主永生……"她的技巧无可挑剔——呼吸节奏合理，精确的音准，完美的诠释。可是当她完成了最后一个音符时，汉德尔止住了乐队，难过地说："我的孩子，你不知道救世主是永生的，对吗？"

"怎么啦，不是的。"独唱演员结结巴巴地说，"我想我知道！"

"那就唱出来吧！"汉德尔斩钉截铁地说，"唱出来，这样我以及所有听你演唱的人都将知道你感受到了内心充满的力量和喜悦。"

接着，他指挥乐队重新演奏了一遍。这一次，她唱出了心中饱含的情感。没人关心掌声的多少，只有优美的歌声，听众们忘记了这是歌唱家在演绎作品，在乐曲传达出来的思想的神韵中全都流下了眼泪。表演结束了，伟大的作曲家眼里噙满了欢乐的泪水，走到她的面前，亲吻了她的额头。"你真的知道，"他低声说，"因为你已经告诉了我！"

善良从赞赏的灵魂中迸射出来，那一束光芒消除了任何蒙羞和失败的传染病原。只有善良的心灵才是真正伟大的，因为这个世界永远亏欠他们。马来西亚有一条谚语说，一个人可以偿清黄金的债务，但却到死也亏欠那些善良的人。

赞赏的善行是博爱的一课，也是礼节的第一要则。罗伯特·勃朗宁理解这一点。一次，他的儿子，一位艺术家，举办个人作品展。这期间有一天，儿子不在，诗人亲自接待贵宾并带领他们参观展览。有一会儿，他丢下这些客人去迎接一位不速之客。

勃朗宁伸出手问候的时候，刚到的这位客人很尴尬，结结巴巴地说："哦，对不起，先生，我实际上是一个厨师！巴雷特先生要我来看看他的画。"

"很高兴见到你，"诗人热情地笑着说，"挎上我的胳膊，我来带你参观。"

另一个善于理解他人的人是好莱坞著名的电影巨头路易斯·B.梅耶，他因为拍摄"六分钟电影"而享誉世界。可是，在电影帝国里，很多人都知道他在伟大的女演员玛丽·德莱斯勒罹患重病的最后日子里几乎每天都过来看望的事迹。为了鼓舞玛丽，给她希望，每次探视他都带着剧本过来，和她一同讨论这部戏将来可能会如何表演。他知道，她离开病床的机会几乎为零，可他还是没有因为忙碌而忘记这个善意的苦差事。

一个人单单有骑士风度，可能还是会被淹没在人群之中，但如果他用善良把自己武装成骑士就很容易被人认出来了。巴特尔·弗里尔爵士就是那样的人。当他还是孟买总督的时候，他太太在男仆的陪伴下，去拥挤的车站迎接他远道归来。她让男仆去找一下巴特尔。

"可是我怎样才能认出他呢？"仆人问道。

"只要你看到一个高个子先生在帮助别人，就找到了。"她说。

仆人淹没在人群中，不需别的识别方式，他很快发现有一个高个子男子正在帮助一位上了年纪的女性从汽车里走出来。于是他找到了巴特尔爵士。

赞赏的善行就是高尚地付出。正如马克·吐温所说的，那是一种聋人可以听到、盲人可以阅读的语言。伟大的女演员萨拉·博哈德特理解这种语言，无论它变成什么形式。在客厅的一张不为人注意的桌子上，她放着一个装满硬币的碗。一天，一位访客注意到有些客人临走时会静静地走到那儿取走一些硬币。这个善于观察的客人迟迟不走，等到客人走光了，他向博哈德特询问碗的事。

"我所有的朋友，特别是那些需要帮助的朋友都知道碗就摆在那儿。"艺人解释说，"他们明白我为什么把碗放在那儿。这样，他们就会得到一些必要的帮助，而不必尴尬地求我。"

但是一个人不必为了追逐名利而醉心于这门优雅的艺术。马里昂·希姆斯给我们讲了一个小朋友的故事。小女孩似乎天生就懂得这一点。她的零花钱花光了，没有钱给姐姐买生日礼物，可她找到了一个好办法。

当姐姐打开生日礼盒的时候，发现了一个系着丝带的信封。打开信封，里面有三张纸，上面工整地写着礼单：

> 洗碗——两次有效；
>
> 铺床——两次有效；
>
> 擦洗厨房地板——两次有效。

在接下来的日子里，姐姐享用了她精心设计的礼物。

沃尔特·彼特琴给我们讲述了另一个聪明人无私付出不计回报的例子。王海普在内华达矿区的一个小镇上经营着一家小店和一家餐馆。战争到来的时候，镇上所有的人都离开了这里。尤其是青年人，很多都要被征调入伍，所有的生活服务设施也都要被征作战时工厂。以前，镇上每个人在王海普这里购买生活用品和肉类时都赊账。因此，人们突然间离开肯定会毁了他的事业。当地人都在猜测他到底会怎样处理这种局面。

王海普为朋友和顾客们举行了一次告别宴会。镇子里的人都确信他会巧妙地暗示客人们还钱。实际却不是那样的。

这顿中国式的晚宴令人赞不绝口。吃过了甜品，王海普走到门旁，同离开的客人一一握手，送上临别祝福的一刹那，他巧妙地塞给每个人5美元。

"可是，王海普，"一个老前辈说，"你这是为什么呢？所有人都欠你很多钱，如果收不回来，你会破产的。你为什么还要送给每个人5美元呢？"

"这让我脸上有光。"王海普回答。

你最近做过什么让你脸上有光的事呢？

什么也没有做过？

为什么呢？

是因为你很久没有得到别人的赞赏吗？塞缪尔·利博维茨是一位伟大的刑事律师，他从电椅的极刑下救下过78个人，可这些人没有一个送他一份圣诞贺卡。退役水兵阿特·金建立的"广播就业中心"广播电台帮助过2500名退伍军人觅得高薪职位，人均年薪多达1.2万美元，他本人却只收到过其中10个人的感谢。有一个名叫拿撒勒的男子治愈了10个麻风病人，也只有一人真诚地向他表达过谢意。

不愿用言行表示赞赏，似乎是人性中最顽固的一部分，这同人们渴望得到赏识一样。不要期待赞赏，请表达你的赞赏吧。如果你有一颗智慧的心，你就会懂得去赞赏。赞赏的面包送给饥饿的心灵会得到什么样的回报呢？它将帮助你积极地生活。它会让你容光焕发！

第14章

世界上最重要的事情 ▶▶

The
Power of
Positive Living

积 极 生 活 的 力 量

幸 福 生 活 需 要 的 日 常 心 理 学

世上最重要的事情就是信念。信念是内在的积极性。世上没有消极的信念，这一点绝对不容置疑。找遍整个世界，怀疑和消极的黑暗都不足以扑灭积极而勇敢的信念之光，哪怕后者非常微弱。

究竟什么才是世上最重要的事？我们应该如何定义它呢？

据说哪里有知识，哪里就有信念。

据说信念会让你相信现实中总有奇迹发生，超乎想象。

韦伯斯特字典里解释说，信念就是"把精神现实和道德原则看做至高无上的权威和价值"。

《圣经·新约》说："信是所望之事的实底，未见之事的确据。"约翰·韦斯利问一群朋友什么是信念，没人能给出令人满意的答案，他向一名很有灵性的女子请教："什么是信念？"她只回答说："按上帝说的做。"于是这位著名的牧师答道："那么我们所有人都有信念。"

从这些或其他的定义中选择一个适合你自己的。但不管你是否意识到，日常生活中你的思想和行动都基于某种信念——相信定时钟一定能唤醒我们，相信打了包的早餐是卫生的，相信汽车启动装置可以正常工作，相信火车是安全可靠的，基本上信任朋友、同事和所爱的亲人都是诚实可靠的，没有平凡的信念和勇气，生活将会失去意义。

至于我，我笃信"信是所望之事的实底，未见之事的确据"。

所望之事，未见之事！我有一个崇尚科学的朋友，他对信念的力量持怀疑的态度。尽管不做礼拜，在日常生活中，他表现得比那些基督徒还要虔诚。但是，他盲目崇拜"科学证据"。作为业余爱好，他种花，还养了一些鳞茎植物，几个月后鲜花都盛开了。很久以来他一直想买一台电视。他填了一张支票买了电视机——这张支票本身就是看不见的现金。现在，他旋转按钮，就能证明演播室播出的节目现在在起居室就可以看得到。在信念的支配下，这个人所崇拜的科学证据出现了——信念先于现实。首先要对看不到的所望之事抱有信念和幻想，然后就会诞生由该信念的力量所产生的科学证据。昨晚，这个善良的人自豪地给我看一束精选的海棠，这束海棠是在培植过程中无意间被留下的丑陋的小鳞茎发出来的。他觉得这花很漂亮，我表示同意。他信心十足地说，花很美是不存在异议的。我表示赞同。我没让他拿出科学证据证明花是美丽的。他的妻子在珍爱的钢琴前熟练地弹奏，我没让他给出科学证据证明音乐是美好的。无论他去哪儿，他10岁的女儿总是用崇拜的目光望着他，要他抱她亲吻她，跟他说晚安。幸福让他双眼发亮。我并没要他拿出科学证据证明孩子非常地爱他。

不知怎么，这位崇尚科学的朋友回忆起路易十三的掌玺大臣沙托纽的故事。沙托纽以对宗教虔诚而著称。在他只有9岁时，同一个可笑的贵族讨论宗教问题，那家伙用一些具有挑战性的问题难为他，最后说："如果你能告诉我上帝在哪儿，我给你一个橘子。"

"先生，"男孩回答说，"如果你能告诉我上帝不在哪儿，我给你两个橘子。"

我们拿不出科学的证据证明信仰是装在口袋里的真钱，但我可以给你讲一个真实的故事。有一个很瘦弱的小伙子，过着食不果腹的日子。他给格林威治村晚餐表演写短剧，每天得到的只是一顿饭的工钱。即便如此，因为就算观众很容易应付，这顿饭钱也很难挣下去。他的早期工作就是这么不尽如人意。

那家餐厅的老板决定给这个年轻作家一点忠告。他说："现在我供你吃，如果你没有一份真正的工作，实实在在地赚钱，总有一天，你会挨饿的。"

短剧作家说："我已经拿到实实在在的钱了。"说着，他把手放在口袋里，好像真的有硬币发出叮当声。

"呸，哪有实实在在的钱！"老板说。

"我相信自己，信念就是我口袋里的钱。"小伙子说，"相信自己——那就是你口袋里的钱！总有一天，我会成功的，那些大人物会邀请我去最好的地方吃饭，我也会让他们来你这里用餐，因为你是我的朋友。"

餐厅主人耸耸肩没有再说什么。年轻人笑着谈到了信念之币，后来的他仍然按自己的方式生活着。几年过去了，有一天晚上，英格兰著名外交官安东尼·伊登来到了这里。记者们错过了他，在许多大宾馆里都没有发现他的行踪。可是一位很敬业的记者还是发现了他。尊贵的安东尼·伊登夫妇正在一家小餐馆就餐。他和餐厅主人谈到，是他们非常珍视的朋友、著名作家诺埃尔·考沃德让他们来这里用餐的。这正是考沃德几年前曾经答应过这位老板的。

诺埃尔·考沃德不是唯一坚持信念的人。很久以前，施莱戈尔就说过："在现实生活中，每一个大企业起步阶段首先要考虑的就是信念。"作为美国心理学的先祖，威廉·詹姆斯的智慧惠及了几代人，他有一句名言："正是对刚刚起步的前途未卜的事业的信念保证了我们的冒险得以成功。"

没有人会拒绝内心的宁静以及信念的积极力量。信念等待你去索取。如果今天你就能拥有信仰，它马上就会发挥神奇的作用。因为信念是积极的，它能消除消极的疑虑，它是积极心态的基本点。爱尔兰诗人和编辑乔治·罗素深知这一点，他说："我们习惯于沉思。"马克·奥勒留说："人的生命是由思想组成的。"拉尔夫·沃尔多·爱默生也说："我们存在于思考之中。"经过多年的研究和观察，西北大学前校长沃尔特·迪尔·斯科特认为："事业的失败或成功不取决于心理能力，而取决于心理态度。"

著名的精神科专家斯迈力·布兰顿博士说过，如果你缺乏或丧失信念，那就意味着你生命本身的终结。

布兰顿博士在他的《坐标》一书中这样记述道："最近，我遇到一个女性，她刚做完大手术，恢复得也很好。她认为自己的婚姻很美满。但大约术后一个星期，她的丈夫来到医院通知她离婚。突然之间，她的信念化为乌有，沉重的打击摧毁了她的生活，她开始发烧并拒绝进食，几天后，她开始长时间昏迷，后来去世了。"

没有发现导致她死亡的任何生理上的原因。但她的信念已经被摧毁了，没有了信念，努力活下去对于她来说也就毫无价值了。

当我们对自己缺乏信念，放弃生存权一样会致人于死地。大卫·哈罗德·芬克博士，《消除神经紧张》一书的作者，向我们讲述了一个年轻的高尔夫球手的故事。他是这项运动的高手，但是他对待自己的态度有问题，因此从未赢得一项重大赛事。在自己练习或者与朋友一起玩时，他多次打破记录，但在赛场上他总是失败。

芬克博士把失败归因于高尔夫球手的心态。他的出身不好，在一家豪华地方俱乐部当球童时，学会了打球。后来他成长为一名高手并被聘为俱乐部的职业球员，但他从来没能摆脱昔日的球童是不应该战胜大人物的想法。芬克博士说，在这位年轻的高尔夫球员的内心深处有一种感觉，就是俱乐部成员的球技都胜过他，因为有这种心态一直作怪，比赛时他总是无法获胜。

精神科医生声称，如果你认为自己"应该"是一个奴隶，那么你就会像奴隶一样做事，一旦不那样做，就会感到内疚。如果你认为自己"应该"是一个皇后，那么你就会像女王一样去感受和行事。

让我们来看看信念的神奇力量在市长与强盗之间是如何起作用的。在成为威尔逊总统内阁战事部长的几年前，牛顿·D.贝克时任克利夫兰市市长。那期间，他有过被抢劫的经历，后来，他向威廉·丁伍狄道出了这个秘密。

一天晚上，贝克市长在市郊一个人坐在车里，一只左轮手枪伸进了窗口，接着，一名年轻男子大叫："抢劫！"

"我当时十分害怕——但我不能犯错，"贝克先生回忆说，"我第一个念头是把钱夹给他，于是那么做了。但年轻的面孔吸引了我的注意，我想，他可能不是一个职业抢劫犯。"

贝克问道："你不打算告诉我你为什么这么做吗？"

"好吧，先生。"强盗说，"没人肯给我一份工作，我正在挨饿。"

"假如我给你一份工作，"贝克说，"假如我给你一些钱——比如说一笔贷款——直到你改邪归正，怎么样？"

"你的话当真，先生？"年轻人满脸怀疑。

"我每句话都是认真的，我保证。"

"好的，先生，你为什么要帮我？"他问道。

贝克把自己的名片递给他，还有一张10元的钞票。强盗划着了一根火柴，看了看名片。

"天啊，先生，您是市长？"他问贝克，贝克点头称是。

"您的承诺可靠吗？您不是要骗我吧？"他不敢相信。

贝克市长向这个年轻人保证他一定会守信用，年轻人才慢慢地离去。当天晚上晚些时候，朋友们都嘲笑市长居然答应给那个青年找一份好工作。第二天，小伙子焕然一新，冒着被逮捕的危险，过来证实市长是不是真的守信。他得到了一份工作。而且后来，还逐渐地被提拔到了重要的岗位。

在这里，我们已经看到了诚信在别人的生活中发挥着魔力，毫无疑问，如果你回想一下自己的生活，就会发现，你能获得各种成绩都是因为你坚持诚信，加之积极争取。消极的人在生活的道路上不遵守诺言，像婴儿一样匍匐，眼睛是向下看的。积极的人则凭借着信仰和发自内心的无畏向前的力量和勇气，坚信生活中有值得为之奋斗的美好事物，举目远眺，风景无限。

这里有5条指南，可以帮助你获得信念：

1. 无论在怎样绝望的情况下，你都要认识到，打开信念的开关永远都不会太迟，也许它能帮你释放出几近神奇的威力。

如果你有这样一种勇气，就可能拥有一切。这种勇气在《安德鲁·巴顿爵士的民谣》中描述得很明白：

奋斗吧，男人们，安德鲁爵士说，

我受了一点点伤，但尚未被杀死；

我躺在地上，流了一点血，

但我还能站起来，还能重新投入战斗。

对于那些被消极的生活态度主导着的人来说，诚信不可能来得那么容易。如果他们的确有一点点斗争精神的话，他们应该明白：诚信就像暂时歇口气，会帮你恢复身心的力量。

心理学家威廉·詹姆斯在他《人的力量》一文中说："振作精神是一种现实的信念，只有在需要时，人们才能发现和使用它。"他继续说道，"我们会发现在疲惫的第一阶段上我们需要它。振作精神可以最有效地阻止我们继续循规蹈矩的生活。这种非凡和必要的力量能够推动我们去拼搏，创造奇迹。疲劳积累到了一定程度，它就会忽然消失，我们的精神会比以前更加饱满，精神状态也不断地得到恢复。这样，新能量水库的闸门就被打开了，此前，它一直被疲劳的障碍物隐藏起来，人们往往都顺从地接受下来了。紧接着，这样的能量会一个接一个地出现。"

作家约瑟夫·高勒姆声称他相信威廉·詹姆斯。年轻的时候，有一次高勒姆跑步到离家一英里以外的地方去。下面就是当时发生的事：

大约跑到3／4英里时，我感到腿上和腰上的每一块肌肉火烧一样的疼痛，胸部上也像是放了块烙铁，心和肺都好像要爆炸了。

我跟跟跄跄地向前奔，像威廉·詹姆斯提到的一样，我感觉到的是"疲惫"，他的表述的确很"恰当"。

突然，奇迹发生了。我肌肉上和胸口上的灼痛感都消失了，有生以来我第一次感到呼吸如此顺畅、深切和香甜。不是用腿在走，我好像生出了翅膀。我快步跑过了一英里的终点，继续跑，继续跑，直到我知道这不只是梦想，而且我冲破了我原以为会永远封闭住我的障碍。

在欣喜若狂中；我确信我明白了罗伯特·勃朗宁字里行间的意思。

瞬间最糟糕的局面变成了最好的，

黑暗即将结束，

本能的愤怒，魔王的声音在咆哮，

但在逐渐衰弱，

正从痛苦中衍生出宁静……

信念，是你精神上的一个喘息的机会，只要你索取就能得到。

2．充分认识到没有信仰，你就无法获得力量。

文森特·皮尔博士敦促我们进行一次自我发现的冒险之旅。他说，我们需要认识到信仰是隐藏在我们身体里和我们身后的力量。我们需要依靠它、借鉴它。他说，我们"不知道自己的实力"。他还坚持认为，虽然我们都是巨人，我们却认为自己是矮子，结果我们做起事来就像个矮子。我们根本不会相信这种可支配力量的存在，于是不断地用消极的思想和生活态度限制自己。

皮尔博士说，打开自我发现和自信的金钥匙在于领悟到我们的强大，这种强大不是说我们自身强大，而是相对于那些比我们更强大的事物而言的。皮尔博士坚信，自己想象的强大只会让你自负，最终遭受挫败。但是他也宣称，对自己的信念可以用作一种工具式的东西去战胜强于自己的对象，一个人就可以释放预料之外的力量，同时，也培养了谦虚的品质。

3．每天给自己留出一段安静的时间。

在时代的重压中，你需要几分钟或者更久的独处时间。关掉收音机和电视，忘记那些头条新闻的喧嚣，享受静思的奢侈。在这样一个时段里，你就能得到一次切实的身心放松。

著名物理学家爱因斯坦，与其他高智商的男女一样，了解这种安静的精神堡垒的好处。一天，爱因斯坦正在出席一个十分繁琐枯燥的会议，一个科学家走到他面前，轻声说："这种沉闷一定很可怕吧，爱因斯坦教授？"

"哦，不，"教授否认道，"有时我会想自己的心事，我还是很开心的。"

近代，一位伟大的领导人——圣雄甘地，深刻地领悟了平静期的价值。在静思中，他获得了成为人民领袖的真知灼见——他没有诉诸原子弹或机关枪。

在这种平静的时刻，一个人可以迎来镇定，打开心灵，理解信念的含义，可以驱逐犬儒主义的生活态度，抚慰随波逐流的过去无意间留给你的创伤。所以，请抛弃自我欺骗吧，一颗安静的心会召唤信仰，而信念会带给你伙伴——宁静、力量和希望。

4．向他人寻求帮助。

如果犬儒主义生活观已经浸染了你，它所带来的挫折感彻底击垮了你，以至于你无法主动建立属于自己的信念，那就去找一位称职的心理医生，或者求助于社会上越来越多的牧师，听听他们的讲座，一定会有帮助，因为他们都专门学过日常心理学，有这方面的专业知识。

5．逐渐理解"消极就是拒绝信念"的道理。

坚持这个道理，信念会成长为更强劲的和更积极的心智力量。真正的信念会给你希望和力量——那是一种荣耀。这种荣耀不是供人坐着的垫子，而是一顶胜利的王冠，一个超越平庸、满怀自豪和自信的王冠。

第15章

积极生活态度的模式 ▶▶

The
Power of
Positive Living

积 极 生 活 的 力 量

幸 福 生 活 需 要 的 日 常 心 理 学

一个人更为积极的生活模式形成于真正成熟起来的心态和日常的教育体验，它可以作为一种参考，用来衡量我们面对生活中的各方面的态度。

当然，我们不可能消除所有的消极因素，但重要的是，一个人要有积极的心态，积极的人生观以及可以克制那些必然存在的消极因素的积极目标。编辑在策划一份杂志时，为了选择一份满意的文稿不得不主动放弃上千份其他文稿。为了做出最好的薄脆饼，一位家庭主妇不得不把坏草莓挑出去。积极的态度将产生积极的目标。

改变你的生活

把这些消极因素	转变为以下积极的因素
恐惧	充满勇气
失败	有成就感
怀疑	乐观
犹豫	果断
压抑	履行职责
刻薄的想法	热情
挫败	克服困难

沮丧	感激
混乱	头脑清醒
孤独	重视友谊
压抑	勇敢
怀疑	忠实
回避性地合理化	面对现实的态度
托辞	富有创造性
玩世不恭	满怀希望

如果你现在是一个成熟的或者正在走向完全成熟的人，那么，为了培养充实地生活所必需的能力，你一定非常渴望更加充分地理解这种神奇的力量。

1．满怀信心地思考和行动，努力争取你想要的东西。

自问一下："它够好吗？我这个要求正当吗？我准备好了吗？"测试一下你的愿望。如果答案是"是"，你就有资格得到它，你就找准了愿望，并不断实现它们。但是，如果在实现它们的过程中，你受到了其他人或者环境方面的消极因素的阻碍，你根本控制不了，最好立刻看清形势，积极通过其他的方式来达成愿望，千万不要犹豫不定，以免最终失去了时机。

如果你没有确定自己想要什么——实际上，你已经具备了拥有和把握梦想之物的能力，只是不想要而已——别人就有理由相信你满足于现状。

我认识一个人，他运用了这个测试，经过缜密的推理和积极筹划，他积极行动起来努力争取自己想要的东西，结果很快就得到了晋升，收入增加了一倍。我还认识一个企业主管，三年来，老板一直用诺言鼓励他工作。他运用了这一测试，并且要求对方履行承诺。遭到拒绝后，他立刻辞职了，建立了属于自己的事业，赚到的钱远远超过先前老板所提供的薪水，同时也赢得了独立和幸福，这完全超出了他以前的期望。令人称奇的是，正确运用这种能力，积极思考和行动可以使奉献者和索取者共赢。在生活的各个阶段，这个原则都是广泛适用的，正确地运用它总是富有成果。睿智的人们注意培养这种能力，满怀信心地思考和行动起来，只要是值得的、正当的和自己想要的，就努力去争取。

2．积极地接受任务，并且以首创的精神主动承担责任，做出决定并将之付诸行动的能力。

个体有效性指数建立在一个人每天管理的任务量和执行任务过程中取得的成绩基础上。明显消极的人通常会墨守成规地做些没人愿做的杂活儿。你越积极，承担的责任就越大，就能更好地主动承担更多的职责。你越消极，就越容易举棋不定，等着积极的人来做决定。拥有积极态度的人是那些身肩重任、主动采取决策并付诸行动的人。

3．按需工作的能力。

出于需要，即使工作与你的直接愿望暂时不相干你也要乐意去做。如果有必要，真正积极的人会去完成那些即使很枯燥的工作，而且不会感到气馁和没有成就感。不过，在做这些必要的但不会给人以灵感的工作时，他会制订方案，酝酿希望，尽可能避免把这些工作变成日常生活中的单调乏味之举。

4．坦然面对失败的能力。

如果你是一个成熟的和积极的人，你就会经得起生活中困难的考验，你会借助自己内在的力量抵制和反抗强加于你的不合理的东西——愚蠢的领导和生活中的打击，避免成为一个心理上压抑的和自我挫败的人。积极的人会发挥潜力，超越现状，制定积极的计划和目标，坚持不懈地努力以达到目标。

5．无私地对他人表现出欣赏、热情和爱，投身于有益的事业的能力。

仅仅用心欣赏和爱是不够的，一定要发自内心，并通过积极的言行去实践它。消极抑制它们不会产生任何效果，正是积极的言行所展现的无私才使我们得到了真爱。

6．摆脱孤独，结交朋友，维持友谊的能力。

只有积极行动起来，主动发展友谊才能远离孤独。孤独地静坐，而只在内心渴望别人主动与你结交的消极态度，会像一面墙一样堵住我们心底的愿望。

没有消极的友谊。朋友不能像礼物一样打包放在家里。人们希望自己受欢迎并积极地塑造这种品质。研究一下你认识的那些受欢迎的人的生活态度，你很快就会清楚地看到，他们能够主动伸出友谊之手，而且不见得有什么绝招。如果能采取积极的方法，每个人都可以获得友谊。任何社会中，都是那些追求友谊的人更受欢迎。他们并不只是坐等和内心渴望。他们与朋友同甘共苦，互通书信。他们去拜访他人，也会举办会议。他们做出许多不显眼的热情善良的小事。他们给朋友打电话。他们总是微笑着，仿佛很关注对方。他人取得成绩时，他们会表示祝贺。他们对他人和他人所做的事情都表示感兴趣。他们记得他人的生日和其他纪念日活动和事件，并且会有所表示。他们知道物以类聚。积极的人受欢迎，消极的人独享寂寞，实际上这是一个普遍的公理。

7．具备超越如嫉妒、悔恨、自我怜悯、忧虑和玩世不恭等情感的能力。

这些都是破坏自信和增加自卑的消极因素。有这种性格的人和与他们接触的人生活得都很沉重。

8．热情合作，甚至在最困难的情况下也能分担责任的

能力。

一个成熟和积极的人绝不会逃避责任，也从不会成为寄生虫。他运用自己的才能积极有效地、无所畏惧地完成目标。他重视自己并且充分承担自己的责任，从不逃避和抱怨。他在自己的领域做值得做的工作，并不一定是了不起的工作。值得完成的工作一定会得到好的结果。

9．不过分地理想化和自我欺骗，现实地面对生活并能解决日常问题的能力。

发展这种能力是通过采取积极的心态，拒绝消极的期望来实现的。消极的期待，如失败、不满、排斥、麻烦等，往往是由于你的过分期待造成的，二者就像磁铁一样彼此牢牢相吸。临床心理学家已经发现，有成功型和失败型两种性格的人。积极的人被成功的愿望主宰，而消极的人为失败的念头所支配。卡尔·曼宁格尔博士，是一名著名的精神科医生，他宣称有很多人其实"害怕成功"。

10．为维护尊严和正直的品格，你可以在无足轻重的事情上让步，但是在这方面要具有誓死决战的精神。

真正积极的男女完全有能力超越小事的争吵；通常，轻微的妥协无关紧要，但如果是涉及尊严等重大问题，你就要坚持到底。

有一个人，满怀敬意地读了三遍我写的那本《把握好你的生活》，非常赞同我书中的这一段文字：

回想以往生活中的偶然事件，张大你诚实而敏锐的双眼，你会发现，你最大的困难是你自身的缺点造成的。一旦你表现得很软弱，没能坚守信念和内在的品格，你就失败了，但那是你自找的。坦诚地说，如果你能放弃轻易的借口，重新审视一切，你几乎可以在思想的日志上标出来：正是在你放弃信念的时候，你失败了。应该注意的是，那时你没有努力，也不再争取，成了一名客观环境的牺牲者。你心里当然知道，什么时候你的信仰曾经动摇过，举起了致命的妥协或投降的白旗。

我有一个读者完全赞同我的看法，他也是一个善于总结过去的人。他年轻时曾同一位有经验的老商人合作。他觉得那个人有些不择手段。有一次，他们一起讨论给寡妇和其他闲置股东分红的问题，年轻人认为股息应该分配给股东，但老商人在利益的驱使下，声称"如果我们拿出丰厚的红利，公司就会永远失去对股权的掌控"。由于年轻、消极和优柔寡断，年轻人完全违背了自己的良知，默许了这个决定。尽管老商人这个做法值得商榷，但它完全合法合理。于是，红利没有被分配下去。后来老商人收购了那些失去信心的股东的股份并掌控了公司，进而通过"完全合法的"方式踢开了这位年轻的合伙人，尽管这种"管理"有些不择手段，那个人达到了目的。直到今天，正是这种令人遗憾的屈服，而不是经济上的巨大损失，一直困扰着我的这位朋友。可见，消极态度会使附庸者付出高昂的代价。

对于任何人来说，发展这些能力多半能赢得积极生活的力量，这是最佳的也是切实可行的获胜机会。

- ✓ 摆脱恐惧和忧虑
- ✓ 摆脱懊悔
- ✓ 摆脱自我怜悯
- ✓ 摆脱孤独
- ✓ 摆脱羡慕和嫉妒

- ✓ **摆脱自我憎恨**
- ✓ **摆脱玩世不恭**
- ✓ **摆脱情绪不安**
- ✓ **摆脱自卑**
- ✓ **摆脱优柔寡断和逃避**
- ✓ **摆脱以任何形式破坏良好人际关系的消极言论**

积极生活的艺术要求我们必须具体化，知道自己想要什么并努力争取。我们要有切实可行的计划和明智的决定，同时要坚持不懈地行动。我们还要乐观，避免消极的言行。我们应该用积极的态度去生活，直到它成为自主的生活方式。积极生活的力量是无限的。